あやかし温泉郷

龍神様のお嫁さん…のはずですが!?

佐々木禎子

ポプラ文庫ピュアフル

あやかし温泉郷

龍神様のお嫁さん

…のはずですが!?

「おまえ──死にたいのか」

物騒な言葉が闇のなかに大きく響いた。

怒りをはらんだ男の声に呼応するかのように窓の外で風がうなった。

続いて稲光が闇を引き裂いて室内を照らす。

だだっ広い日本家屋の畳が敷かれた和室で、ふたりの男が対峙《たいじ》している。

ひとりは薄くつぶれた布団に伏して、もうひとりはその枕元で胡座《あぐら》をかいて座っている。

横たわる男は白銀の長髪に金色の双眸《そうぼう》。整った柔和な面差《おもざ》しが銀月を思わせる、まばゆいくらいな美貌の主である。

一方、座した男は黒髪と漆黒の双眸の、ぎらぎらと滾《たぎ》る熱さと苛烈さが印象的な美男子だ。

男の胡座の上にあるのは綴《つづ》られた部厚い紙束。

紙束の一番上には達筆な筆文字で『所縁帖《ゆかりちょう》』としるされていた。

「死にたいわけじゃないよ。それにそもそも僕たちにあるのは消滅で、それはきっと生き物の死とは違うものだ」

柔らかくゆったりとした声がそう応じた。見た目そのままの穏和な話し方だ。

遅れて届いた轟音の後で雨が降りはじめる。バラバラと屋根を叩く雨は、あっというまにどしゃ降りになった。

「またおまえはそうだ。消えてなくなるってのと死ぬってのは似たようなもんだ。似てるってことは同じってこと」

「似てるっていうのと同じっていうのは違うよ。相変わらずおおざっぱなんだから」

「おまえが細かすぎるんだ。しかも頭でっかちで概念的すぎる。そんなにいっぱい頭にものを詰めてるから重たくなって枕から持ち上げられなくなって寝込むんだ」

「きみは……また、目茶苦茶なことを言う」

優しげな笑いと共にそう返す。

「いいから早くここからひとり選べよ。おまえに元気になってもらわないと俺はなかなかうちに帰れなくて、困るんだ」

「ここにいてくれなんて頼んでないよ？」

「帰れとも言われてない。帰れと言われてないってことは、いてくれって頼まれたようなもんだ。――この部屋、暗いな。辛気《しんき》くさい」

胡座座りの男はふと気づいたかのようにそうつぶやいて片手を軽く掲げた。

バチンッと音がして部屋の明かりが灯る。

照明のせいで透かし彫りの飾り欄間《らんま》に陰影が生じ、かぎ爪に珠《たま》を摑《つか》んだ龍が波のまにまにゆっくりとのたうったかのように見えた。

「こいつは？」

胡座の足のあいだの『所縁帖』をぺらりと捲《めく》り、指でさししめして男が言う。

一枚一枚に、人の名前とおぼしきものが墨で黒々と書きだされている。

「その人は駄目だよ。お世話をしなくちゃならない相手がすでにいる人だからね」

「さっきからあの人も駄目、この人も駄目って……。いいか。とにかくここからひとり選べ。選ばない限り今宵はおまえを眠らせないからな!!」

「安静が大切だって言いながら、すぐそういうことになる。きみは看病というものに向いてない」

「向いてないのにおまえのために精一杯やってやってるんだ」

威張って言われ、銀月に似た男は布団のなかで仕方なさそうな微笑を浮かべ「僕のためなら黙って寝込ませてくれればそれでいいのに」と嘆息を漏らした。

「黙って寝込ませていたら、おまえはそのまま……」

……弱って、消えてしまうかもしれないじゃないか。

しゅんと萎《しお》れた小声だった。

「馬鹿だなあ。そんなにたやすく消えたりしないって」

微笑《ほほえ》んで返すが、男はへの字口のままだ。

さっきまで放っていた怒りが解け、見知らぬ土地にひとりぼっちで置いていかれた子どもみたいな途方に暮れた表情になっている。

「またそういう顔をする。きみは、寂しがり屋で心配性だからなあ」

ため息と一緒に、布団から白い指がすっとのびた。

「……この子なら」

指は、紙にしるされたひとりの名前をさしていた。

1

この世界には世の中にちゃんと縫《ぬ》い止められている人と、そうでもない人がいるような気がしてならない。

頼りなくてすぐに切れてしまうしつけ糸で、その場しのぎみたいなゆるさの仮縫いでつながれているだけの人間と、しっかりとした強い糸で本気で縫い止められている人間と。

見た目の儚《はかな》さとか、生きづらそうにしているとかそういうのとは別な話だ。これはたぶん本人の感覚の問題だ。

――で、私はどっちかっていうと仮縫いされてる側かもしれないなあ。

宍戸《ししど》琴音《ことね》は、札幌《さっぽろ》市営地下鉄の南北線真駒内《まこまない》駅の改札を通り抜けながらぼんやりとそう思う。

生まれて十八年目の秋が来た。

琴音は、これといった特徴のない、普通の高校三年生の女の子である。癖《くせ》のないセミロングの黒い髪。くるっとした丸い目に低めの鼻。ブレザーにスカートの制服姿に指定のスクールバッグを抱えた姿は集団のなかに見事に埋没する。人の記憶からすり抜けがちな見た目の持ち主の自覚はある。容姿だけではなく話すことも趣味も凡庸だから、ひと言、ふた言会話しただけでは他者に強い印象を与えることはない。

そしてそんなふうにとことん普通だからこそ「どうやったら自分は世界に本気で縫い止められていると信じられるのか」などとは誰にも言えない。そんなことを言ったものならまわりの大人たちが心配して大変だ。

——なんてことを考えちゃうってことは、私はきっと寂しいんだ。

うん。寂しいし、疲れてるし、やっとなにかを悲しんでもいいみたいに思えてきているってことなのかもしれない。

だったらこれは前進だ。

麻痺《まひ》したようになにも考えられないのが一番問題なはずで。

いまの琴音の境遇なら、寂しさや孤独を感じたり、自分だけが世界とうまく融合していないと不安を覚えたりしても不思議じゃない。だって。

「……お母さん、もうこの世にいないわけだし」

口から出たのは、思っていたよりずっと頼りなげな声だった。

琴音は父の名前も顔も知らない。物心ついたときから母ひとり子ひとりで、母娘で寄り添うようにして暮らしていた。それでも不満を覚えたことはない。母からの愛だけで充分に満ち足りていた。

介護の仕事に就《つ》いていた母はしっかり者で優しくて、暮らしも大変だったろうに琴音にピアノの習い事までさせてくれて、朝から晩まで働きづめで。

──なのに笑顔はたやさない人で。

だが──その母はもうこの世にいないのだ。

半年前に出先で交通事故で亡くなった。夕ご飯のオムライスに使うケチャップが切れてるから『ちょっと買ってくるね』と言って、財布とエコバッグを片手に近所のスーパーにいった後ろ姿が琴音が見た母の生前の最後の姿だ。

警察からの電話を受けてからずっと、琴音の足もとはいまだになんだかふわふわとしている。夢のなかで生きているみたい。一度もちゃんと泣けないまま、それでもきちんと夜に寝て、朝に起きて、ご飯を食べて、学校にいっている。

仮縫いのままの気持ちでも、現実っていうやつにかろうじてしがみついているのは、母の親戚だというおじさん一家が琴音を心配して引き取って一緒に過ごしてくれているからだ。

駅から出た途端、ポツリと冷たい滴《しずく》を受ける。目に見えるくらいの大粒の水玉がアスファルトや歩く人を濡らしていく。

雨だ。

バス待ちの人びとが路線ごとに並んでいる。待合室の椅子は満席だ。

制服のブレザーのポケットがぶるっと振動する。音は切っているけどスマホに着信が入ったのだ。取りだして、眺《なが》める。『家族』でくくられたグループＬＩＮＥを確認する。琴音を引き取ってくれたおじさん一家のグループに、半年前に琴音も加入した。

家族。

『帰りはタクシーで帰っておいで。国道に熊が出たってニュースでやってる。パトカーも走ってるよ』

熊って……。

ここのところ札幌市市街地によく熊が出る。気候がよくないときは山に食べ物が少なくて街までやって来るし、気候がよくて山に食べ物が多いとたくさん繁殖してやっぱり街までやって来るらしい。

近所の人が深夜に国道を車で走っていたときに同じスピードで横を走る黒い影の気配を感じ「すわ、オカルト的なものか」とおそるおそる見ると、なんとそれが熊だったと言っていた。オカルトな化け物に併走されるよりもっと怖かったから、猛スピードで振り切って逃げたらしい。

少し考えてから、琴音は『了解』の絵文字スタンプをくいっと押した。

バスなら定期券があるのにタクシーなんてもったいないし贅沢だと思うけれど。最寄りのバス停から家までは、国道をしばらく歩かないといけないのだ。

——運命ってどこでどうなるかわかんないじゃない？

もしここで自分になにかあったら、その後に残された人たちが切ないだろうと思う。

優しいおじさんとおばさん、それにまだ小学一年生のはとこのけんちゃんの人生に『よりによって熊って』みたいな悲しみを与えたくない。

そんな可能性は低いとしても、運命はときどきとんでもないことを人にもたらすから。

母みたいにケチャップ買いにいったままみたいなこともあるから。

琴音は横断歩道を渡りタクシー乗り場で車を待つ。

すーっとタクシーが停車してドアが開く。なにも考えずに乗り込んで、行き先を告げると、

「はい。石山《いしやま》ですね」

と運転手がうなずきドアが閉まった。

運転手の制帽が妙に小さいように感じられたが、よく見てみるとなんのことはない運転手の頭が大きいだけであった。

爆発させて焦《こ》げさせたみたいなもしゃもしゃの髪の毛の上にちょこんと制帽が載っている。

さらに観察すると、頭だけではなく身体《からだ》も大きかった。

普通の大きさの車にちんまりとコンパクトに身を縮めている運転手は、変な話だがかわいらしかった。

全体に民芸品みたいな愛嬌《あいきょう》がある。

「シートベルトお願いします」

振り返ってそう言った運転手の目の瞳孔《どうこう》がぴかっと一瞬だけ赤く光ったような気がした。琴音はきょとんと相手を見返す。

「なんでしょうか。そんな真剣に見られちゃうと照れますな。なにか私、おかしいですか？」

木訥《ぼくとつ》そうな運転手に真顔でそう言われ、琴音は赤面した。

「え……あ……いや。すみません」

あまりじっくり見ては相手に失礼だよなと琴音はシートに身体《からだ》を沈める。

走りだした車の運転は、予想外に手荒なものだった。映画でたまに見るカーチェイスみたいに混んでいる道の車線変更が頻繁だ。

琴音はひやひやしながら後部座席で固まっている。

バックミラー越しに運転手と何度か目が合った。後ろを確認しているだけか、それとも琴音のことを見ているのか。琴音が最初にしげしげと見たから、見返されているのかなと思う。どっちにしろ少し居心地が悪い。

小さく身体を縮こまらせて、視線を逸《そ》らし、窓の外を眺める。

窓を叩く雨粒と、濡れた景色がびゅんびゅん後ろに流れていく。

街に灯がともりはじめる。信号機の点滅と車のテールランプ。並ぶ店先や家屋の窓の明かり。半年前に南区に越してきたばかりの琴音には、まだこの道筋の光景はどこかよそよそしく見える。

「……琴音ちゃん、でしたよね。お母様に似てらっしゃいますね」

聞き逃しそうな小声で運転手が告げた。

「え？　母をご存じなんですか？」

窓から視線を戻し運転手を見た。

「昔、お世話になりました。お母様のやってらした『けいちょうや』は札幌の孤独なものたちのオアシスでしたよ」

一般的ではない言葉すぎて、車窓の光景みたいに言葉がしゅっと脳の後ろに流れていきかけた。

が、思いだす。

――傾聴《けいちょう》って大切なんだよってお母さん、昔、言ってたような。

もとはカウンセリングの手法らしい。否定せず、ただ相手の気持ちに寄り添って熱心に耳を傾《かたむ》けて相手の話を聞くこと。それが傾聴。

「傾聴って、介護の人がお年寄りのお話を聞くときに気をつけてるっていう……あの傾聴ですか？」

「そうです」

「母は訪問介護の仕事をしていたのですが『傾聴屋』なんてしてなかったと思います。人違いじゃないですか？」

「本業の仕事の合間に『傾聴屋』もやってらしたんですよ。たしか最初は人間のお年寄りに頼まれたんじゃなかったかな。『ただ話を聞いて欲しいんだ。なんならお金は別に払うから』ってね。宍戸さんは真面目《まじめ》な人だから『本職以外でバイトでお金をもらうのは困る』って断って――でも結局は、その人の話を傾聴したんだ」

優しい人だったから、相手が本気で話を聞いてもらいたがってるのをほうっておけなかったんでしょうね。

ハンドルをくるっと回して運転手がつぶやく。

「あれ？　いまの道、まっすぐいくんじゃ……」

曲がらなくてもいいところを右折した。

「この時間帯、国道が混むから裏道を走りますよ。距離はちょっとのびますけど時間考えたらこっちのほうが絶対にいいです」

「そうですか」

時間によってものすごく渋滞するので有名な国道だ。それに母の知り合いならば悪い人ではないのだろうしと、納得する。

でも——。

——こんな道、あったっけ？

車は琴音が見たことのない道を走っていく。

「あの……裏道っていっても、ここ……舗装もされてない山道で」

舗装路が途切れ砂利道になる。道の幅が狭くなる。名前もわからない川が流れている。そこにかかる橋を渡る。

がたごとと車体が揺れる。タイヤが砂利を飛ばす音がする。細いつづらおりの道には行き交う車もなく、走るタクシーのヘッドライトだけがずっと先を照らしている。うねうねと蛇行する道の先は街灯もなく、進むにつれてあたりは闇色の幕を何枚も上に重ねていくかのように暗くなっていく。

道沿いに建物がない。信号機もない。それに琴音が告げた住所の付近にこんな山も川もない。いくらなんでもおかしいと気づいたときには、もうすでに山道をかなり上ってしまっていた。

唐突に恐怖がこみ上げてきた。

親しげに話しかけてくれていた母の知り合いの運転手は、普通の運転手なんだろうか。そもそも本当に母の知り合いなんだろうか。だとしてもいままで会ったこともないのにどうして琴音の顔を見てすぐに、自分が母の娘だとわかったのだろう。葬式にも通夜にも来ていなかった。こんな独特の容姿の人は、絶対に記憶に残るからそこは間違いない。

厚ぼったく重たげな夜のなか、見たことのないトンネルをくぐる。

なにもかもが漆黒に塗りつぶされて、息が詰まるような心地に身がすくむ。

けれど――。

トンネルを抜けた先は、明るかった。

車窓の向こう側にちかちかとした光が瞬《またた》いている。

灯火が琴音を少しだけ安心させた。知らないあいだに止めていた息を、ほうっと吐きだす。

車の横をなにかが併走している。もしかして熊だろうかと怖々と覗《のぞ》く。

なんだかわからないただひたすらに大きい黒い影に見えたそれは、琴音の視線に気づいたかのようにピカッと目とおぼしきものを光らせた。

「わっ」

のけぞって窓から手を離す。車と同じくらいの大きさの影は光ったあとで霧みたいに形を崩してさーっと消えていく。

——なに!?

いまのはいったいなんだ!?

指先が冷たくなる。

唇をぎゅっと引き結び、いま一度、窓に近づいてそーっと外を見た琴音は目を大きく見開き固まった。

「……待って。えー、ちょっと待って、これって」

炎のタイヤをつけた車がふわっと浮き上がりすぐ側《そば》を疾走して空へと上っていった。

それだけじゃない。流れ星みたいに長い尾を引いて飛翔する蒼《あお》い小さな光の珠《たま》や、それを追いかけて空を走る頭に角のある鬼の子のようなものも見える。すべてが光の粒を身に纏《まと》ってきらめいて、とても綺麗ではあるのだけれど。

街灯だと思い込んでいた道沿いの光も、よく見てみると木に下げられた提灯《ちょうちん》だった。懐かしさを感じる橙《だいだい》の明かりがぽわっと闇に滲《にじ》むように光っている。

「うん。やっぱりこっちの裏道のほうが近い。国道230号線はいつも混んでるからね。縫い止めている道の糸を解《ほど》いて、こちら側のトンネルにボタンをつけてつなげた『あやかし街道』が一番の近道だ。間違いない」

運転手が制帽をこくこくと縦に揺らして、つぶやく。

なんだかとんでもない話を聞いている気がする。

琴音は呆然として運転手を見てから車窓を見た。続いて、運転手の座るシートの後ろに貼ってあるタクシーの社名を凝視した。

「……とこよ交通。聞いたことのないタクシー会社……」

タクシー会社に詳しいわけではないのだが、それにしたって初見だ。

さらに、座席のビニールポケットに『お忘れ物にお気をつけください』という注意書きと共に入っている乗務員紹介カードに気づき、ぽかんと口があいた。

『私は、とこよ交通の、ようかい　朧《おぼろ》くるま　です』

ようかいって……妖怪？　朧くるまって、たしか車の妖怪だった気がする。

母がどういうわけか妖怪が好きで、妖怪の出てくる小説や漫画ばかりを読んでいたものだから琴音はそこそこ妖怪の名前を知っているのだ。

琴音はとりあえず自分の頬《ほお》を軽く抓《つね》ってみた。夢かなと思ったときに人がやってみる行動である。

「どうしよう。普通に痛い。困ったな」

バックミラー越しに琴音の様子を見て運転手が朗《ほが》らかに笑った。

「琴音ちゃん、そういうところもお母さんにそっくりだ。お母さんもはじめて私たちと会ったときにまったく同じことをしたんだって聞いてますよ。ほっぺた抓って『どうしよう。普通に痛い。困ったな』って。肝が据《す》わってるっていうか、柔軟っていうか、とぼけているっていうか……。きゃあーって、叫ぶ人じゃなかったんだ」

母に似ているといわれるのは嬉しい。

嬉しいのだが、しかし。

そういえばさっき母の話をしてくれたときに〝最初は人間のお年寄りに頼まれたんじゃなかったかな〟と言っていた。〝人間の〟ってわざわざつけるのは、不思議な言い方だなと思いながら聞き流していたのだが――。

考え込む琴音の目の前で、運転手の頭がふくれあがって巨大になっていく。後部座席まではみ出てきそうに大きくなっていく頭は、もう絶対に「人間の」ものではない。

「母と会ったことが……あるんですよね？　『私たち』っておっしゃってるってことは……つまり複数の……あなたのような人たちが？」

「そうですよ。たくさんの仲間が宍戸さんに傾聴してもらって安定したんだ。血は争えないっていうやつかなあ。私もいま琴音ちゃんと話してて、なんだか気持ちが落ち着いてくるっていうか」

――私はまったく落ち着けないよ⁉　ざわざわするよ⁉

提灯の並ぶその先に――ひときわ大きな提灯がぼてっと揺れている。

あたたかみのある橙の大提灯に書かれているのは『ようこそ　たつ屋旅館へ』の文

字だ。

タクシーは提灯の手前で止まる。

「はい。着きました。お代はもうもらっているので、けっこうですよ」

「着いたって？　どこに？　お代もはもらっているって、誰から？」

「たつ屋旅館さんからですよ。旅館は、そこの大きな提灯をまっすぐいって鳥居を抜けるとすぐですよ。あの鳥居はタクシーごとくぐるには小さすぎるから、いつもここでお客さんを降ろしてるんです。あ、そうそう。琴音ちゃんのお母さんには鳥居の向こうにもけっこう世話になっている奴が多いから、いろいろと話を聞いてごらんなさいな。琴音ちゃんが知らないお母さんのことがわかるかもしれないですよ」

「私の……知らないお母さんのこと？」

後部座席のドアがあいた途端――生き物が口のなかからぺっとものを吐きだすように、車が琴音を外に押しだした。

降りようとしていなかったのに見えない力で無理に降車させられ、琴音は「ふゃっ」という変な声と共につんのめるようにして路上に立った。

もじゃもじゃ頭の運転手は、親指を立てるサムズアップのジェスチャーを寄越《よこ》し

「ファイトッ」とエールの言葉を投げた。そうしているまに、運転手はどんどん人の輪郭を失って、身体と頭が一体化し、巨大な顔に車輪のついた得体の知れないものに変化してサムズアップの親指もなくなった。

——これ、妖怪の出てくる漫画で見たやつ。本当に朧くるまだ。

ぎょろりと目を剝《む》いた妖怪は満足げに大きくうなずくと琴音を置いて走っていく。

なにをどうファイトするのか不明なまま琴音はぼんやりと車を見送った。

「……妖怪もサムズアップするんだ。ファイトとか言っちゃうんだ。現代だなあ」

いや、そういう問題じゃない。もっといろいろと考えるべき。

——仮縫いされてる気持ちなんていう話を超えちゃったよ。

現代日本の現実に琴音をつないでくれていたしつけ糸が解け、異界へと縫い直されてしまうとは。

ふと見下ろした自分の右足首からキラキラとした輝きが零《こぼ》れているのに気づき、屈《かが》み込んでしげしげと見る。

「なに、これ。……糸？」

摑《つか》もうとしたけれど、摑めずに指のあいだをすり抜ける。

痛くはないし、感触もない。

足首をくるりと巻いた赤い糸は光の加減で瞬いて、長くのびたその先は前に立つ鳥居の向こうにつづいているように見えた。

「運命の赤い糸が誰かとつながっているっていうの、なんだったっけ。伝説みたいなのであったわよね。でも足首からだったたっけ？」

そのあたりはうろ覚えだ。

「いまの話からすると『たつ屋旅館』にいけばいいってことなんだろうし、この糸もきっとそっちの方向につながってるよね。いっちゃって大丈夫なのかな。とんでもないことになりそうな気も」

あたりを見回し琴音は口に出してつぶやいた。独《ひと》り言《ごと》が思いのほか大きく響く。

雨はいつのまにかもう止んでいる。

降り立った場所から来た道を振り返る。空と地面の境界は遠ざかるにつれ曖昧に混じりあって溶け、道沿いに下げられた提灯の橙だけが道の形を教えてくれた。

風が吹いて大きな提灯と小さな提灯がゆらゆらと一斉に同じ方向に揺れる。

見上げると、墨汁を流したような空を蒼や赤の灯火が疾走している。琴音を降ろしたタクシーのテールランプも遥か遠くの赤い瞬きとなり、すっと流れて消えていった。

夜の底をスノードームに閉じ込めたようなその光景は――。

「……綺麗」

怖いと思うより先に美しさに感嘆する。

見とれてぼうっとしていた琴音は、つんつんとスカートの裾《すそ》を後ろに引っ張られ、驚いて跳ねた。

「なっ」

咄嗟《とっさ》にその手を振り払い、慌《あわ》てて後ろを向いた琴音の視線の先にいたのは――もふもふした小さな動物だった。

――狸《たぬき》。

赤いちゃんちゃんこを着た狸が後ろ足で立ち上がり琴音を見上げて耳をひくひくと動かしている。

「……ピシッてされちゃった」

琴音に払われたところを撫《な》でながら狸が言う。

「あ、前足。ごめんなさい。驚いたから」

「前足じゃないんだもん。お手々なんだもん」

涙ぐみながら地団駄を踏み、ぷんすかと狸が訴えてきた。狸の手は人と同じように指が五本で小さい。ぎゅむぎゅむと指を閉じたり開いたりして「手である」という主張をくり返す狸に、琴音はうなずいた。

「うん。お手々。そうか。お手々だ。そうだよね。二本足で立ってるし」

「おぶって。おぶって」

狸が言った。

「はい？」

きらきらと期待に満ちたつぶらな目と、小首を傾《かし》げて、前足をお腹の前であわせてもじもじしている仕草が愛らしい。

「ボクのこと嫌い？」

すくい上げるようにして下から琴音の顔を覗き込み、うるうるした黒い目でそれまでとは反対の側に首を傾げ狸が言う。

「嫌いじゃない。かわいいと思う」

つかの間逡巡《しゅんじゅん》したが素直に伝えた。

かわいいのだけはたしかだ。

赤いちゃんちゃんこを着て立って、会話が可能なんだから、普通の狸ではない。はたしてこんな妖怪はいただろうか。もっと真面目に母の蔵書を読み込むべきだった。

「じゃあ好き？　だったら、おぶって、おぶって」

こういうのは定番として背負ったらそのあとに石になったり重たくなったりして、大変な目に遭《あ》うのではないだろうか。妖怪とはだいたいそういうものだったはずだけれど。

琴音はじりじりと後ずさった。

「どうしておぶってくれないの？　おぶっておぶって」

くるくると琴音の足にまとわりついて、甘えてくる。

「うう。どうしよう。でもその目で見られると、こう、抵抗できないっていうか。――ねえ、おぶったあとで重たくなったりしないって約束してくれる？」

「うんっ」

元気よくぶんぶんと首を縦に振った。

仕方がないと琴音はスクールバッグを片手に持ち、狸に背中を向け、中腰になった。

狸は「やったー」と笑い声をあげ琴音の背中によじのぼってくる。しがみついたのを確認し、手を回して背負い、立ち上がる。

「うん。重くはないね。さて――どうしよう」

むしろ軽い。

おぶわれた狸はなんだかやたら無邪気に歓声を上げている。

「おぶってくれたー。ありがとう。ありがとう。高いなあ。高いぞお。よく見えるぞお」

「そう。それはよかったわね。そこまで喜ばれると私も嬉しいわ」

「嬉しいー。楽しいー」

狸は琴音の肩をぽこんぽこんと小さな拳で優しく叩いてくれた。重たくなるどころか肩叩きをしてくれている。

そして機嫌のいい子どもみたいに謎の歌をうたいはじめた。たぶん即興なのだろう。肩叩きのリズムで、高くて楽しいということをくり返し歌い続ける。

「嬉しいぞー高いぞー楽しいっぞー」

あまりに元気すぎるので、琴音もつられた。

琴音は狸の歓声にひとつひとつ「嬉しいね高いねー楽しいっねーよかったねー」とリズムをつけて返す。

目の前には赤い立派な鳥居がある。

――ここを進むしかないんだろうな。

狸を背負って異界の鳥居をくぐるなんて。

ものすごく妙なことになっている。

「狸ちゃん、名前はなんていうの？」

「アカデンチュウだよ」

「アカ……デ？」

「狸でいいよ。みんなそう呼ぶよ」

「じゃあ、狸ちゃん、たつ屋旅館って知ってる？」

「知ってるよ。温泉があるんだよ。でもね、ものすごーくボロボロで、怒ると怖いクズがいるの」

ぽこぽことんとん。

琴音の肩を叩きながら狸が答えた。絶妙な力加減なので気持ちがいい。

「ボロボロで、怒ると怖いクズがいるのか」

いきたくないなあと心底、思った。

「でもお姉ちゃんずっとここにいると危ないから、早く鳥居を抜けたほうがいいよ」

「え？」

「お姉ちゃん、人の匂いするもん。怖いやつが来て食べられたりするよ。たつ屋旅館には、人間食べる怖いやつはいないんだ。弱いものだけがお客なんだ。それでもたまに強くて怖くて意地悪なのもいるけど、人喰いはいないの。だから」

首をひねって背負った狸の様子を見ようとしたら——ずっと後ろに潜《ひそ》んでいる、人間の頭をつけた巨大な蜘蛛《くも》と目が合った。

赤い口と白い牙が凶暴だ。

どうやら琴音たちの様子を窺《うかが》っていたらしいが、琴音が相手に気づいたことで先方も気持ちを定めたようだ。八本の足を忙《せわ》しなく動かし、ニタニタと舌なめずりをしながらすごい勢いでこちらに駆けてくる。

まごうことのない異形であった。

「……人の匂い。うまそうだなあ」

声がした。

――うまそうって言った。本当に食べられちゃうの⁉

「うわあっ。そういう大事なことは早く言って！　逃げるわよ」

走りだした琴音の背中で狸が「早い早いー。高い高いー」ときゃらきゃら笑って喜んでいた。

2

鳥居を抜けるとき、見えない壁にぶつかるような抵抗を感じた。けれどそれは一瞬で、はね返されることもなくするりと通過する。

鳥居を越えると、空気の匂いが変わった。

風の感触も変わった。

きゃっきゃっと喜ぶ狸《たぬき》が「逃げられたー。よかったねー」と肩を叩いてくれたので怖々《こわごわ》と背後を見る。人の顔のついた蜘蛛《くも》が鳥居の向こうで、八本の足をばたつかせて憤怒《ふんぬ》の表情を浮かべていた。ガシガシと空中を叩いている姿は見えるが、どうやらそれ以上こちら側へは来られないようだった。

駆け抜けたせいで呼吸が荒い。

足ががくがくと震え、膝から崩れ落ちそうになる。

へたり込みそうなのを踏みとどまれたのは、背中の狸の重みのおかげだ。ここでしゃがむと、背中の狸が転げ落ちるかもしれない。暢気《のんき》に肩叩きをしてずり下がりかけている狸をえいやっと背負い直す。

「……教えてくれてありがとう。次はもうちょっと早く教えてくれると嬉しいわ」

「はーい」

見下ろす地面には足首からつながる赤い糸がのびている。

立ち止まった琴音が視線を上げると、鳥居と反対側から、小さな手提げ提灯《ちょうちん》がひとつ、揺れながら琴音たちへと近づいてきた。橙《だいだい》色の提灯には『たつ屋旅館』の文字。持ち手の姿は提灯の明かりを受けてぼんやりと光っている。

淡い色の着物を着こなした長身の美女である。

金色の長い髪をくるりと束ねてまとめ、白磁の肌に高い鼻梁《びりょう》、紅の薄い唇。切れ長の目をした美人だが、美女の頭の上には髪と同じ色の毛がふさふさの三角耳が生えていた。

――狐《きつね》だ。これ、狐だよ。つり目の美女で金色三角耳で！

「宍戸《ししど》琴音《ことね》さん？」

狐の美女が琴音に尋ねた。

「あ……はい」

「よかった。ようこそいらっしゃいました。うちのクズがお呼びたてしまして申し訳ない。突然のことで驚いたでしょう?」

「……はあ」

——クズ?

詳しく聞きたいが、聞いていいのか迷う言葉だ。

「なかなかお着きにならないので、クズが、クズなりに心配しておりまして。あ……わたくしあやかし向けの温泉宿『たつ屋旅館』の仲居をやっておりますオサキと申します」

深々と頭を下げられ、琴音も頭を下げる。背中で狸がきゃらきゃら笑う。

「ああ、赤殿中《あかでんちゆう》とお会いになったのですね」

きょとんとした琴音にオサキは、赤殿中とは袖《そで》なしの赤いちゃんちゃんこの名前であること、そしてそれを着ている狸の妖怪がそう呼ばれるのだと説明してくれた。

「さて参りましょうか。お荷物はわたくしがお持ちいたしましょう。わたくしの主《あるじ》である龍神のハク様が営んでいる『たつ屋旅館』はこの道の向こうです。どうぞお足元にお気をつけて、ついてきてくださいませ」

「つまり……私、死にました？」

ここがいわゆるあの世である可能性を思いつき、眉を寄せてオサキ狐に尋ねると、狐は瞬《まばた》きをして小さく笑った。

「いいえ。琴音さんは生きていらっしゃいますよ」

「そうですか」

本当はそこでほっとするべきなんだと思う。でも少しだけ落胆した。

だってここが死んだ後の世界ならば、母にまた会えると思ったのだ。ちらっと浮かんだその考えを振り捨てる。琴音の母は、琴音が一瞬でもそういうふうに願ったことを悲しむ人だと知っているから。

オサキが手に持つ提灯の明かりが足もとを照らす。先に立つオサキの尻尾《しっぽ》は三本に分かれ、ふわふわと揺れていた。

さほど長くを歩かずに、三階建ての和風建築の温泉宿に辿りつく。北海道では珍しい瓦屋根が星明かりを受けて黒ぐろと光っている。玄関先には立派な木彫りの看板が掲げられ、実に荘厳な佇《たたず》まいの——。

「立派な……宿……ですね」

口ごもったのは立派は立派なのだが、ボロかったからだ。

屋根の瓦の一部は欠け落ちているし、前庭の松の木は庭木に疎《うと》い琴音の目からしても剪定が必要なほど枝がのびすぎている。

玄関先の電球は切れかけでチカチカと途切れて瞬き、入り口のそこここに枯葉が散らばって、濡れて重なりあっている。

そして——。

「だから寝ていろって言ってるだろ。いい加減にしろ。立つな！　歩くな‼」

というものすごい剣幕の、耳の鼓膜にびりびりと響く怒鳴り声と、どんがらがっしゃんがらがらというけたたましい物音が宿の内側から聞こえてきた。

と、同時に空をビカッと稲光が走り抜けた。

さっきまで晴れていたのに黒い雲がむくむくと湧き上がり、月と星を覆っていく。

「……っ。クズが、また、ロクでもないことをしている」

オサキがチッと舌打ちをする。美しく上品な顔だちに似合わない悪態にぎょっとして琴音は狐をまじまじと見た。

　オサキは琴音の視線に気づき、急いで澄まし顔を整えた。

「失礼しました。わたくしとしたことが、本音が口から零《こぼ》れました。クズが怒ると天気が荒れるのですよ。困ったものです。——どうぞお履きものをお脱ぎになってそちらのスリッパに履き替えてお上がりください。クズのところに参りましょう」

　怒ると天気が荒れるクズのところって……？

　いったいどんなクズ野郎のもとに連れていかれるのだろうと琴音の顔から血の気《け》が引いていった。


　オサキに案内されたのは宿の厨房である。

　玄関先にも廊下にも物が積まれていたりスリッパや枯葉が散らばり埃《ほこり》だらけだったのでそんな予感はしていたが——大きなシンクには鍋やボウルが崩れ落ちそうな傾《かたむ》き具合で山になって積み上がっていた。

　広い調理台にはまな板と包丁が出しっぱなし。布巾は丸めてほうりっぱなし。調味料の蓋《ふた》はあけたままであちこちに置きっぱなし。

　なにもかもが中途半端で放置されている。

つまり——ぐちゃぐちゃだった。

「やめろ！」

がみがみと怒鳴っているのは漆黒の髪の怒り顔が妙に映《は》える美形である。スタイルの良さが際だつ細身の黒のシャツに黒のボトムに素《す》っ頓狂《とんきょう》なピンクのフリルエプロンを身につけ、混沌の厨房で火にかけた鍋の前に立って菜箸を振り回している。

「いま元気になれる食い物作ってやるから黙って待ってろ。いいから絶対にもう二度と立ち上がるんじゃないっ。ただ立ち上がるだけで皿を何枚も割りやがって」

怒られているのは調理台の手前で丸椅子に座る儚《はかな》げな和装の美形である。後ろでゆるくひとつに束ねられた長い髪は銀色だ。しょんぼりと肩を落とし、それでも上目遣いで、怒る男に不服を唱えた。

「きみはいつもそうだ。寝込まれるのが嫌だって言っていたのに、僕が起きたら起きたでそうやって文句を言うんだ」

「文句じゃない。これは命令だ。いいから休んでいろっていう話だ。どうせおまえは出汁《だし》のひとつも取れないじゃないか。誰か、ハクを押さえつけておけ」

誰かと言われ、わらわらと、妖怪らしきものたちが銀髪の美形の周囲に集う。

小豆《あずき》の入ったざるを持っていたり、豆腐を持っていたりする子どもたちだから、小豆洗いと豆腐小僧だろう。それぞれに丈の短い着物姿で、漫画で見たものほど怖ろしげではなく愛嬌《あいきょう》がある。

「おや？　きみたちは僕のことを押さえつけるっていうのかい？　ひどいなあ。僕はただ火加減を見ようとしただけなのに」

白銀の美形が悲しげに言うと、小豆洗いも豆腐小僧も顔を見合わせて「でもハク様はお皿割ってしまってたし」「それにクズ様に怒られるから」と小声でささやいて「ごめんなさい」と謝罪していた。

——クズ……様？

クズ呼ばわりしつつも、様づけなんだ……。

「……まあ怒られるのは誰だって嫌だよね。仕方ない。いいよ。命令通りに僕のことを押さえつけなさい」

微笑《ほほえ》んで座ったまま両手を広げると、小豆洗いと豆腐小僧が、その両腕のなかに飛び込んでいく。

押さえつけるっていうより、これはただのハグでは？　ハク様っていう人のほうが抱きしめてあげているだけじゃないの？

なんて優しい。

儚げな美形和装男子が小さな子どもの姿の妖怪たちをひしっと抱きしめて頬《ほお》ずりしているのはなかなか良い光景なのはさておいて。

――これって、どういう状況なんですか？

口に出さずにまなざしだけでオサキに問う。

オサキは笑顔をすっと消した仮面のごとき無表情になり、

「椅子にお座りになっている方が、我が主であるハク様です。声の大きい黒いのはクズです。クズのことは当人の前では様をつけて呼んでください」

なるほど。とんだクズ野郎だ。ガミガミ怒るし、台所は荒らすし、特に力のなさげな妖怪たちを威嚇《いかく》したり、優しげな美形を押さえつけようとしたりして――様をつけたうえでならクズ呼ばわりも辞さないという――それって、もしかしてクズなうえにお馬鹿なの？

琴音がオサキの話を神妙に聞いていたら、

「でも――あっ、ほら」

小豆洗いと豆腐小僧を抱きしめたままハクが椅子から腰を浮かせた。

「立つな‼」

クズが怒鳴る。

「だって……お湯が沸騰しそうで」

「沸騰させているんだから当たり前だ。火を消す必要はない」

緊迫して睨《にら》みあう黒と白のふたりの美形男はさておいて、強火にかけられた鍋の中身がいまにも噴きこぼれそうになっている。

じゅわわわっという音と共に泡が鍋の縁まで沸き上がった。

琴音は思わず駆け寄って、コンロの火を消し止めた。

琴音の背中にしがみついた狸が、振り落とされないように首にしがみつき、きゃっきゃっと笑っている。

ぎりぎりのところで間に合って、琴音はふぅと息を漏らした。

——麺？

覗《のぞ》き込んだ鍋のなかにあるのはラーメンっぽい黄色いちぢれ麺だ。なるほど。麺はびっくり水を入れて調整しないとすぐに噴きこぼれてしまう。

「これ、もういいんじゃないでしょうか。これ以上ゆでるとどろどろになって、麺がくっついちゃいそうですよ。ざるにあげますか？」

琴音は長身の黒い男を見上げて、尋ねる。

「そうだな。そろそろ柔らかくなっているな。よし、おまえに手伝わせてやる」

高飛車だ。

「具材とスープはもうできている。この俺が素晴らしく美味《おい》しい豪華海鮮入り味噌バターコーンラーメンを作るのだ」

手伝わせてやるという上から目線の言葉に目を白黒させつつ、琴音は拒絶しなかった。

「はい。わかりました」

でも台所仕事の手伝いをするなら背中の狸をどうしようと困る。うろうろと視線を彷徨《さまよ》わせたら、オサキがさっと近づいて琴音から狸を取り上げた。

オサキがじたばた足掻《あが》く狸をそのままクズの背中にぽいっと乗せる。狸が「いやだー。クズの背中はいやだー」と半べそになる。

「クズ様と呼べと何度言ったらわかるんだっ」

すかさず怒鳴るクズである。

「あーん。怒るからいやなんだよーー」

「じゃあ僕のところにおいで」

ハクが手招きする。その懐にはすでに小豆洗いと豆腐小僧がしがみついているが、背中はあいている。狸が「ほわあああああ」と声をあげハクへと手を差しのべた。

が——。

「俺の背中のほうが居心地がいいに決まっている。ハクに狸は渡さんぞ。それにハクは狸を背負ったらそのまま重さで倒れてしまうじゃないか」

クズが狸をしっかりと背負い直した。

「ボクそんなに重くないもんっ」

「その程度の重さで倒れたりしないよ」

狸とハクが抗議する。

「いや。倒れるどころかおまえのことだから肉離れを起こすに違いない。もしかしたら骨折するかもしれない。それくらいいまのおまえは弱っている。自覚がないのが、駄目なんだ」

「そんな……そこまで虚弱じゃないと思うんだけど」

「虚弱だとも」

と言い返すクズの背中で狸がぶるぶる震えている。

クズは怒り顔のまま狸を揺らした。

目つきが悪いし、凶悪だし、あやしているつもりなのかもしれないがビシッと強めに狸の尻をリズミカルに叩くので、とうとう狸はしくしくと泣きだした。泣いているが、それでも習性なのかクズの肩をぽんぽこ叩く。泣きながらクズの肩を叩いている狸は、とてもかわいそうで、とてもかわいい。

――早くラーメン作って、狸を救いだしてあげないと。

妙な義務感にとらわれて琴音はせっせと手を動かした。てきぱきと麺をざるにあげて水気を切り、お湯を沸かして、棚から探しだした丼をあたためる。

「それで、できているスープってどれですか。これかな?」

コンロにかかっている寸胴鍋《ずんどうなべ》の蓋をあける。中身はぎらぎらと脂《あぶら》の浮いたこってりした色合いの味噌ラーメンのスープだった。くつくつといい匂いをさせて煮えている。

「そうだ。なにしてるんだ。とっととそれを丼に注げ」

「……はい」

命じられるままに丼に熱いスープを適量注ぎ、そこに麺を投入する。さてトッピングはとちらっと見ると、クズは立派な毛ガニの足を豪快に縦半分に切ったものをどさどさとラーメンの上に盛った。さらに分厚いチャーシューにホタテに海老《えび》、コーンと、おまけに一センチ角のバターの塊《かたまり》もぽいっと置く。

美的センスよりなにより量に重きをおいた盛りつけが、豪快だった。

──美味《おい》しそうだけど、脂ぎってるし、濃いなあ。

「どうだ？　旨《うま》そうだろう。それに栄養たっぷりだ！　弱っていた胃もきっと脂のコーティングで強くなる」

自信満々で鼻高々な物言いに、琴音は思わず半眼になる。弱った胃にこのこってりのラーメンはきついのでは？

「とうとうできあがってしまったか……。どうしても僕はそれを食べないと駄目かな？」

ハクが悲しげな顔でクズに尋ねた。

「また倒れられたらたまらないからな。食べないことにはおまえは元気になれないだろうさ」

小豆洗いと豆腐小僧が心配そうにハクを見上げている。ハクは自身の胃のあたりを無意識になのかそっと撫《な》でた。細くて長くて白い指。骨が浮きでた手の甲と手首。

「どうしてきみは僕のことを普通に寝込ませておいてくれないんだろう……。寝てたら治るって何度も言ったのに」

途方に暮れた顔でハクが言う。

青白い肌はたしかに間近で見ると病的な不健康さを滲《にじ》ませていて、目の下にはくっきりとくまがあり、コーンバター毛ガニラーメンを見つめるまなざしは憂《うれ》いに満ちている。

「寝てても治らないから俺がここに来たんだ。いいから食えよ」

クズはハクの前の台に豪華な盛りつけのラーメン丼を置き、箸を渡した。

「美味しそうだよね。そうだね。贅沢だ。この熱々のスープの上に層を作っている脂といい、味噌のスープに溶け込んでいるバターの香りといい、最高の味噌ラーメンなのは匂いと見た目で伝わってくるよ。毛ガニとコーンにチャーシューもしっかりとしたジューシーな肉で——」

「講釈はいいから早く食え。冷めてしまう」

ハクはのろのろと箸を手に取り、食べようと身構えてから「うっ……」と口元を押さえた。

「あのね。僕はこの二日間、白湯《さゆ》と梅干しで過ごしていてね……」

「知っている。だから食え」

――無理でしょう、これ。

琴音は半眼のまま食器棚から小丼を取りだす。この場にいる人数――妖怪も人数という言い方かは不明だけれど――の七個の小丼をかたかたと運んでいって台に置き、ハクの目の前のラーメンをさっと取り上げた。

「おまえ、なにをっ」

目をつり上げたクズに、琴音は笑みを返した。それからハクへと視線を戻し、目配せをしてみせる。

「ずっと白湯と梅干しで過ごしていた胃には、もっと優しいものが必要ですよ。柔らかく炊いたお粥とか、煮込んだうどんとか」

「わかってる。だから麺をよく煮込んだぞ！　これで消化にはいいはずだ」

「……なるほど。それで」

どろどろ手前まで麺をゆでていた理由はそれか。とことん料理下手なのか、もしくは嫌がらせかと疑ってしまったが。

――親切にしようとした結果がこの料理っていうことよね。

「それに、こんなに贅沢で手のこんだものをひとりじめするのはきっと申し訳ない気持ちになりますよ。だってものっすごくいい匂いがして、絶対に美味しいに違いないもの」

ハクが琴音を見た。

「そうだね」

ハクの神秘的な金色の目が瞬《またた》いて、それからふわふわとした笑みがゆっくりと顔に広がっていく。

まっすぐこちらを見て微笑むものだから、琴音の胸の鼓動が勝手に速まる。

綺麗な形の雪の結晶みたいな人である。優しくふれないと溶けて消えてしまいそうに儚《はかな》げで、きらきらと輝いている。

三次元で立体化してる存在で、愛おしさと美しさが共存する成人男性をはじめて生で見た。

――これは、あれだ。尊いって拝むやつだ。

結論づけた琴音はハクの笑顔のあまりのまぶしさに狼狽《うろた》えて視線を下げる。

と――。

琴音の足首からつながっている糸が床の上でゆるい半円を描いているのが見えた。

謎の赤い糸の行方を追いかけた琴音はぎょっとする。

赤い糸は、ハクの足首とつながっている。

「え？」

顔を上げるとハクがゆっくりとうなずいた。含みをもたせたまなざしを返し、ハクの白い指が琴音と自分とをつなぐ糸のラインを静かに差し示す。

――しかも、この糸、見えているのは私だけじゃない？

「……で、きみはその用意した丼でなにをしたいの？」

ハクにうながされて、はっと我に返った琴音は会話を続けた。

「あの……突然割り込んでしまってすみません。うちの母がよく言ってたんですけどね――美味しいものっていうのは、ひとりで食べるより、みんなで食べたほうが栄養になるんですって。だから、この丼にみんなで少しずつわけ合って食べましょうよ。私もお腹がすいちゃいました」

返事は聞かずに菜箸でラーメンを小丼に取り分けていく。スープも入れる。カニやチャーシューは切り分けられないからどかんどかんと小丼に適当に割り振る。

「うんうん。そうだよ。わけ合って食べよう」

ハクがこくこくと何度もうなずいた。

琴音はハクの前には盛りの少ない小丼を置く。一口ぶんの麺とスープだけをさらっと注いだ丼に、ハクがほうっと安堵したような吐息を漏らした。

「なんで勝手に仕切ってるんだ。おまえの腹が減っていようがどうであろうが俺にはまったく関係がない。これは弱って寝込んでいるハクのために俺が料理したとっておきの贅沢ラーメンで……」

クズががみがみ怒りだす。

「だって、飛び入りで食べたくなるくらいすごくいい匂いがしてるんですもの。ご自身の、その料理の腕の巧みさが悪いんですよ。クズ様は料理の達人ですね」

「そこは、うむ。まあな」

クズは満更《まんざら》でもない顔をした。

──クズ様、ちょろいな。

「ハク様、もしも量が足りないならそのときは私がお粥をこのあとに作りますのでおっしゃってください」

「ありがとう」

ハクがにこりと微笑んだ。まわりの空気までもがあたたまるような笑顔だった。

「……はい。そしてこっちは、クズ様の分です。どうぞ。狸も一緒に食べようよ。この椅子に座って。食べ終わったら私の背中にのっかってもいいからね」

琴音はクズにカニが載っている丼を押しつける。てんこ盛りにしておいた。

狸はぴょいっとクズの背中から飛び降り、琴音の隣の椅子によじのぼる。

オサキに小豆洗いに豆腐小僧にと、みんなの分をセットする。妖怪たちはわらわらとやって来て箸を手にした。

ハクが両手を合わせて「ありがとう。いただきます」と丼に口をつけ、一斉に食べはじめる。

琴音もハクとクズが食べるのを見てから、スープを一口、飲む。

バターの溶け込んだガツンとくるような濃厚な味噌スープの味に、琴音は空腹を自覚した。

「美味しい」

ひと言、声が漏れた。

実際、とても美味しい。強い味のなかにまろやかさも隠れている。丁寧にとった複雑な出汁《だし》の味。濃いだけじゃなく柔らかい上品な滋味が裏側に隠されている。たっぷりの脂が胃のなかを温める。麺は茹《ゆ》ですぎだけどそこは目をつぶろう。

「うん。彼の料理は美味しいんだよ。豚骨のスープに昆布や鰹節も使って……臭《くさ》みを抜いて、丁寧に出汁を取って作ってくれて……豪快だけど繊細さのある料理を作るんだ」

ハクが言った。

「そうだろう？　もっと食うか？　カニ。ほら、カニをやろう」

クズが自分の丼からカニを渡そうとするが、ハクはぶんぶんと首を横に振った。

「いや……いい。カニは食べるのが大変だから。カニはね、きみが食べなよ」

「じゃあ、チャーシューは？　俺は肉を信じてる。むしろ肉しか信じない」

「僕は肉以外を信じてるから、いらないよ」

雛鳥に餌を与える親鳥みたいに、クズはせっせとハクに肉を与えようとする。悪気はなく、ただの親切なのだとふたりの表情とやり取りでそう伝わる。

琴音はというと——あっというまに自分のぶんを平らげてしまった。

「すみません。私、まだ食べたりないので、おかゆかうどんを作っていいですか。オサキさん、台所使わせてください」

立ち上がって言うとオサキが「どうぞ」と米や乾麺、調味料のありかを差し示してくれた。

小鍋に米と水と昆布とをセットして火にかけてことことと煮込む。

狸がとてとてと駆けてきて琴音の足をよじ上ろうとするので、腰を屈《かが》めてひょいっと背負う。

とことんと肩叩きをはじめた狸をあやす気持ちで、さっきずっと狸がくり返していた謎の歌を小声で口ずさんだ。背中で歌われて覚えてしまったのだ。「高くて楽しい、おんぶは楽しい」というのを肩叩きのリズムで歌うと、狸もきゃらきゃらと一緒に歌う。

——笑ってくれるの、かわいいな。

多少、不自由さは感じるがクズに背負われてべそをかいているのを見るよりは、琴音がおぶったほうがずっといい。

「あ、ついでに洗い物もしちゃおうか。狸ちゃん、よかったら食べ終えた器を持ってきてくれる？」

背中の狸に頼むと「はーい」と元気のいい返事をして狸が琴音の背中から降り、もじもじとして琴音の手にそっと触れた。

「ありがとう。高くて嬉しくて楽しかったのー。またおぶってね」

「うん。いいよー」

と、その場にいるみんなは箸を止め、顔を見合わせた。

——え、なに!?

ハクが「ごちそうさま」と両手を合わせてつぶやいてから、琴音に声をかける。

「きみは、琴音ちゃんだよね。はじめまして。ようこそいらっしゃいました」

座ったままで膝に手を置いて綺麗な仕草で頭を下げた。

「そうです。宍戸琴音です。はじめまして。いきなり、仕切ってすみません」

「ううん。嬉しいよ。ありがとう。僕もそのおかゆをいただけるのかな」

「もちろんですよ」

――本当に綺麗な男の人だなあ。

態度も声も話し方もなにもかもが優しげで――たぶん妖怪とか神様とかそういうものなんだろうけれど、どちらかというと見た目だけなら西洋世界の天使みたいだ。ただそこにいるだけで、きらきらしているように感じられる。

クズがハクの言葉に目を見開いて琴音を凝視する。

「おまえ……宍戸琴音か。なんだ。だったら早く名乗れよ。てっきり産女《うぶめ》か鬼子母神《きしもじん》と近しい類の、俺の知らない新参者の妖怪だと思っていたぞ。おまえを呼んだのはこの俺様だ。それならそうとなぜそうそうに挨拶をしないいんだ。まったく」

こちらはハクとは真逆で――漆黒の髪や目の印象もあいまって悪の化身のごとき美貌である。苛烈《かれつ》な本性を美で包み込んだかのような容貌は、死神とか悪魔を連想させるものだった。ただし死神はピンクのフリフリエプロンは着用しないだろう。絶妙に似合わないのだが、そのとんでもなさが彼の放つ強烈なオーラを少しだけゆるませていた。

どらちにしろふたりともにあまりにも美しすぎるし、存在感がありすぎる。

「挨拶する暇なんてなかったでしょう。きみがあれこれ彼女に指図をするものだから。ねえ、琴音ちゃん？」

「指図されたことをこなしながら口も動かせばいいだけのこと。挨拶は数分もかからない。隙間を作って会話にねじ込め」

「またそういう難癖をつける。僕はすぐに琴音ちゃんだなってわかったよ。彼女はこんなにはっきり人の匂いをさせているのに、どうして新種の妖怪だなんて思ったの？」

「人間がいきなり狸を背負ってあやしながら、厨房に飛び込んできて、コンロの火を止めるだなんて思わないのが普通だろうが。ここはボロとはいえども結界だけはしっかりと張り巡らせた神域なんだぞ？　うつしよで暮らしている人間ならばもっと脅《おび》えたり、おたおたしたりするものだ」

うつしよは——琴音たちが過ごしている世界のことで。

対して、神域や黄泉《よみ》の国のことは「とこよ」と呼ばれている。

これもまた琴音の母の蔵書漫画から得た知識である。

「それは、そうだね。琴音ちゃんはずいぶんと堂々としている」

「そうだな。おまえにしては、これはいい選択だったようだ。ああ……俺がつけた縁の糸もきちんとつながっているみたいじゃないか」

「うん」

ふたりは琴音の足もとを見た。赤い糸の先はハクにつながっている。クズが身を屈めて琴音の足の糸をぐっと引く。足を引っ張られ、ひっくり返りそうになった琴音は慌てて両手をばたつかせた。

「この糸、触れるんですか？」

驚いて尋ねたらクズが威張って応じた。

「俺にだけな。俺がかけた呪《まじな》いだから。触れるのも外せるのも俺だけだ」

「呪い……？」

「本当はおまえが逃げないように足に鎖をかけようとしたが、ハクにいくらなんでもそれはないだろうとたしなめられてな。鎖はやめて糸にした」

「ええーっ。これって足に鎖をかけたイメージのものなんですか」

ちょっとロマンティックだと思っていたものが一転して囚人とか犯人逮捕とかそう

いうマイナスなものに変化してしまった。

「そうなんだよ。ひどいよね」

ハクが肩をすくめた。

落胆する琴音をクズが見た。

「宍戸琴音」

「はい」

「さっそくだが、おまえに呪いで糸をかけたのにもここに呼んだのにも理由がある。おまえ、ハクの嫁になれ」

「はい？」

とんでもないことを言われ琴音は固まった。

「ハクは人間の嫁を必要としている。古来より弱った龍神は人間の花嫁を娶《めと》って失った力を補うものと決まっているのだ。琴音は、花嫁として、寝込んでいるハクを支えてやってくれ。頼んだぞ」

「……はい？　龍神って!?」

呆然として聞き返す。

「きみは突然すぎるよ。琴音ちゃんがびっくりしているよ？　それに求婚するのは僕なんだ。どうしてきみが先に大事なことを言ってしまうの？」

ハクが椅子から立ち上がり琴音へと歩み寄る。

琴音の手を握り、顔を覗き込む。

——うわっ。近いっ。

お肌がつるつるで毛穴がない。切れ長の綺麗な双眸《そうぼう》は輝く金色だ。荘厳な美形の顔面は、近づくことで相手の思考力を奪う兵器になり得ることを琴音は身を以《もっ》て知った。

「琴音ちゃん、僕と結婚して、この『たつ屋旅館』の女将《おかみ》になってください」

期待と明るい未来を信じて輝くきらきらした目に吸い込まれそうになりながら、琴音は反射的に心の叫びをそのまま返す。

「いや、無理です」

「……え？」

ハクは断られることは想定していなかったのかとても衝撃を受けている。

「無理ですって。だっていまはじめてお会いしたばかりで、なにひとつわかってないのにいきなり嫁にって言われても……。女将にというのも、わたし、学校もありますし」

「じゃあ、なにかひとつわかったらお嫁さんになってくれるんだね。いいよ。まずは婚約からはじめよう。うん」

軽い口調で悪戯《いたずら》っぽく小首を傾《かし》げ、ハクが言う。

想像の斜め上の返事だった。

「なるほど。ハクにしてはまともな提案だ。いきなり神様の嫁になって温泉旅館をまかされるよりは妥当な線だ。わかった。明日から毎日学校のあとしばらく花嫁修業としてここに通え。俺がおまえをとことんしごいて立派な花嫁にしてみせる」

まったくまともじゃないハクの提案をクズがおおいに褒めちぎっていた。

ご飯を食べて洗い物をしていろんな説明を受けているうちに時間がどんどん過ぎていった。遅くなってしまったことに気づいた琴音が家に帰りたいと告げると、クズはしぶしぶ、ハクは笑顔で「わかったよ。気をつけてね」と言ってくれた。

帰りも『とこよタクシー』を手配してくれて——。

うつしよ側の鳥居をくぐり抜ける道を琴音に教え、並んで歩いてくれたのはハクだった。手にした提灯の光がゆらゆらと揺れて、ハクと琴音の影が地面に細長くのびていた。

「ありがとう。琴音ちゃんのおかげで今夜はとても気持ちがいい。僕のお腹はああいう消化にいいものを待ち望んでいたみたいだ。梅干しとおかゆって人類が発明した食べ物のなかでも最高のものだと思う」

実際にハクの顔色は琴音が来てから見る間に明るくなっていた。蒼白だった頬にうっすらと血の気が戻り、薄い色だった唇も赤みが増した。

「はあ……もしかしていままでの食事が刺激的すぎたせいなのでは？　ずっとクズ様が調理担当だったんですよね？」

「うん。そうなんだ。彼は肉と脂の力を信じているんだよ。特にレアなステーキが好きで僕にも毎食それを勧めてくれるんだ。正直、ずっとつらかった……。明日の朝は、今日のおかゆの残りをどうにかしてあたためて食べようと思う。肉が嫌いなわけじゃないんだけど……」

ハクの表情がわずかに曇る。

「あ、あの……残ったおかゆは糊《のり》みたいになっちゃうから美味しくないと思うんで、薄味の和風スープを小鍋に作っておいたのでそれを明日あたためて飲んでください」

「いつのまに⁉　すごいなあ」

ハクの目が明るく輝き、琴音はなんだか嬉しくなる。

母の手伝いをするのが好きで、小さなときからなんでもやらせてもらっていたので家事炊事は得意なほうなのだ。こんなところで役に立つとは思ったこともなかったけれど。

すると、ぐらぐらと地面が揺れた。

——地震⁉

石畳の段差にハクが躓《つまず》く。

「……危ないっ」

転んだら大変と手をのばす。摑んだ手の先で提灯が大きく揺れた。人間ではないというがハクの肌はほんのりとあたたかい。細く華奢《きゃしゃ》だと思って見ていた手は、けれど、触れてみると琴音の手よりずっと大きくてちゃんと男の人のそれで。

「ありがとう。琴音ちゃんのおかげで転ばずにすんだ」

微震のまま地面の揺れは止まり、向かいあう形で立ち止まったハクが綺麗に微笑む。

途端にいきなり恥ずかしくなって、どぎまぎと手を離すと「なんだ。手、離しちゃうんだね」とハクが拗《す》ねた口ぶりでつぶやく。

「こっちの世界でも地震があるんですね」

「うん。ひとつきくらい前から、こっちでも多くなった。神域なのに僕の守護の力が薄くなってしまったから地面の揺れすらおさめられなくて、ふがいないよ」

うなだれたハクを慰めたいのだけれど、なんて言えばいいのかわからない。

「健康になればいいんですよ。おかゆとかうどんとかでよければ私また作りますし」

「作りに来てくれるんだね？」

ハクが顔を近づけ琴音の目を覗き込んだ。

美貌がすぐ目の前だし、距離を詰めるとなんだかふわふわと良い匂いがするしで……。

――近いんだってば!!

怯《ひる》んで、後ずさる琴音の様子にハクは表情を曇らせ、見るからにわかりやすくしゅんとする。

「僕が近づくと、遠ざかろうとするのは、怖いから？　僕はこれでも龍神だしね。

龍ってにょろっとしてるし、いつもあたりを睨《にら》んで描かれがちだし、口も大きくて牙もあるし、長い髭《ひげ》もあったりするし……やっぱり……気持ち悪かったりするのかな」

「そんなことは……怖いとか、気持ち悪いとかそんなこと絶対にないですっ」

「よかった。琴音ちゃんを呼んだのは傾聴屋さんの娘さんだからだったんだけどね、僕ね、琴音ちゃんが狸をおぶってやって来た姿にひと目惚れしちゃったみたい」

「ハク様、お母さんの知り合いなんですか？」

驚いて聞くと、

「いや。知り合いじゃあないよ。ただ傾聴屋さんは有名だし、うちの社《やしろ》とご縁があったからね」

「そう……なんですか」

「ていうか、琴音ちゃん？　いま、僕、けっこう勇気を振り絞って告白したのに、ひと目惚れしたっていうのあっさり流したでしょう。ちょっと傷つくなあ」

ハクがわかりやすく、いじけた顔になった。

「ひと目惚れしたと言われても、どこにですかって疑問しか湧かないので」

パタパタと手を横に振る。

「どこにって、すべてにだよ？　狸をおぶって歌いながらご飯を作ってる、あの歌声が本当に心地がよくて、聞いていたらすーっとらくになって」

そこまで褒められるようなことはしていないのに。

「狸はね、自分から満足して背中を降りることはめったにないんだよ。それがちゃんと言いつけを聞いて床に降りるくらいだから――きみの背中の居心地がよほど満足のいくものだったんだろうなあ。料理も歌も上手だし、琴音ちゃんはすごいね」

「歌？」

「琴音ちゃんが狸とうたっていた歌がなんだかおもしろくて元気になれる曲だった。琴音ちゃんは音楽、好きなのかな？」

「……音楽は、好きです」

「うん。そんな気がした。だって軽やかで楽しそうだったもの。なにか楽器をやっていたりするの？」

「ピアノを」

好きでピアノを習っていたが――ピアニストになれるわけでも音大を受験するわけでもない程度なのは自分でもわかっていた。なのに母は『琴音が好きで楽しいなら』

とずっと習わせてくれて――。

「すごいなあ。聞かせて欲しいな。うちの旅館にはピアノはないけど」

「でも最近はもう弾いてないんです。誰かに聞かせる演奏なんてとてもできない」

母の葬儀のときにはじめて会った遠い親族の誰かが言っていた。

『女手ひとつでたいした稼ぎもないだろうに、あの子、ずっとピアノを習ってたんだってね。賃貸の部屋にピアノが置いてあったらしいよ』

ピアニストになれるわけでもないのにねえ、と。

つぶやいたその人にとって、それは、悪口でもなんでもなくただの感想だ。葬儀場の給湯室の入り口廊下に琴音がたまたま立っていたのも知らず『高校も私立なんだってね。それだけ娘のことをかわいがってたんだろうけど。でもあの子がいなければしなくていい苦労も多かったんじゃないのかね。父親が誰かも最期まで誰にも言わなかったんでしょう？　なんだかかわいそうな人生だったねえ』と言葉が続いた。

琴音はその場からそっと立ち去った。だって琴音が聞いてしまったことがわかったら、きっと言った相手のほうもばつが悪い気持ちになる。そういう判断だけは、不思議とできた。

傷つくような余裕すらそのときの琴音にはなかったのだ。

――かわいそうな人生。

琴音がいたから、母は、かわいそうな人生を過ごしたのだろうか。

その言葉はトゲになって琴音の胸に刺さったままなのだけれど。

問おうとしても、もう母は、いない。

「聞かせてよ。だって、好きだっていう気持ちはとても大事で美しいものなんだよ。僕はね、頼りなげに見えるだろうけど神様で、神楽《かぐら》の歌や演奏や踊りに、美味しいお酒や料理を、昔はたくさんの人たちから捧《ささ》げられていたんだ。大事に捧げられるものの音や味を知っている。琴音ちゃんの歌も料理も、ものすごく優しくて美しくて丁寧なものだったよ」

「そう……ですか？」

おずおずと聞き返す。

「そうだよ。すごく嬉しくて、力になった。ご飯だけじゃなくあの歌のおかげもあって元気になれたのかも」

「いえ……たいしたご飯でもなかったし」

応える琴音の胸がチリチリと疼《うず》いた。

正座して長く座ったあとに足がしびれるときみたいな、変な感じの疼きだった。

ずっと同じ形で固定させていた身体が無感覚になっていって——そのあとにじわじわと血が通っていくその一歩手前に似た感じ。

「僕にとってはたいしたことだったよ。ありがとう。とても助かりました。ピアノもぜひとも聞かせてもらいたいな。僕が弱い神様だから演奏をする価値もないって言われてしまったらそれまでだけど……」

途中からしおれた言い方になったハクに琴音は慌《あわ》てる。

「そんなことはないですっ。価値とかそんなのは」

「本当？　琴音ちゃんがまた明日ここに来て僕たちを手伝ってくれるってこと、信じていいのかな。来てくれたらすごく嬉しい」

小首を傾げて悪戯っぽく語る美形は、どこまでもあざとい。

あざといが、かわいい。

かわいいうえに、かっこよくもある。

「はい。じゃあ明日もご飯作りに来ます」

反射的にそう言わせるだけのパワーがある。神様だからなのか超絶美形のルックスのせいなのか、どちらかは不明だ。どちらのパワーも作用しているのかもしれない。

「ついでに僕のこと、好きになってくれたら嬉しいな」

「ついでって」

そんな、ついでがあるものか。

「なんて、いきなり言われても困るよね。琴音ちゃんに好きになってもらえるように、僕は僕でこれからがんばるから、よろしくね」

綺麗な微笑みと共にそう言われ、琴音はなにも言えずに立ったまま気を失いそうな心地を味わった。

3

明けて、翌日——。

琴音《ことね》はいつものように朝起きて、ご飯を食べた。

琴音の頭のなかは妖怪と神様でいっぱいである。

昨夜も帰宅してしばらくはスマホでオサキ狐《ぎつね》や朧《おぼろ》くるまや龍神の検索をして過ごした。

「妖怪とか神様とかそういうのが好きなんだなっていうのは知ってたけどさ」

まさか母がそういうものたちと知り合いだったなんて——琴音はまったく知らなかった。

夢かなとも思ったが、朝になっても足首には触れられない赤い糸がまわされたままだ。

——つながっているのはハク様で、この糸に触れられるのはクズ様で。

「運命の赤い糸ならぬ、囚人って……ひどいな」

考えながらぼんやりと食事をし、スクールバッグを持って玄関に向かう。

「今日も昨日くらいの時間になります。友だちのところに寄ってくるので」

と、出かける直前に、おばさんに声をかける。

「琴音ちゃん、もういっちゃうの？　一緒にいこうよ」

琴音の言葉に、けんちゃんが慌《あわ》てて立ち上がる。

でも、ランドセルの蓋《ふた》が開きっぱなしで筆入れがそのあたりに置いたままで――なによりまだ朝ご飯の途中だ。

「けんちゃんまだ準備してないでしょう。遊び食べしてるから。琴音お姉ちゃんはもうすぐに出ていかないと学校に間に合わないから、けんちゃんのこと待ってられないのよ」

おばさんに言われ「えー、だって」とけんちゃんが口を尖《とが》らせた。

「明日は一緒にいこう。ひとまず今日は先にいくね」

笑って伝えると、けんちゃんがご飯を頬張《ほおば》って「うん」と言った。

玄関に向かう琴音のあとをおばさんがついてくる。

「そうやって先に連絡してくれるの本当に助かる。昨日はなにも言われてなかったからさすがに心配しちゃって、けんも、お姉ちゃん帰ってこないのどうしたんだろうってそわそわしちゃって」

引き取ってくれた親戚一家とはどこかまだ距離感を探りつつ、少しずつ歩み寄っている最中だ。そのせいで互いに言葉が不自然に丁寧だ。

「そうなんですね。昨日は連絡しないで遅くなってごめんなさい」

「ううん。いいのよ。慌てちゃった私たちが悪いの。私たちは琴音ちゃんに出かけちゃ駄目だなんて言わないし、お友だちともこれまで通りに遊んでいいんだからね。でも気をつけてね」

垂れた眉毛にくるっとした目が愛らしいおばさんが、そう返してくれた。

※

昨夜のことだ。

琴音は、ハクに「自分は龍神なんだ」と説明された。

そして、とこよに温泉宿はあるが、うつしよに自分の神社はないのだとも言われた。

かつて日本では、寺に神様が祀《まつ》られていたり、神社で仏像を預かっていたりと、神も仏もその境界が曖昧なまま両方が並んでいたことがあったのだそうだ。

明治時代の神仏分離の流れを受けて、神社と寺社は分離され、その際に社《やしろ》をなくしてしまった神や、仏像を捨てられてしまった寺社がいくつもある。

ハクの居場所もそのひとつで――うつしよの鳥居がある場所は、もともとはハクを祀る社を抱えた寺社だった。

僧侶がいなくなり鳥居が立てられたが、巫女《みこ》や神主が置かれることはなく、社も取り払われて、霊水の井戸だけをハクが守護して以降の月日を過ごしてきたのだ、と。

オサキは「おかけでハク様はかつての威信を失われ、なんともおいたわしいありさまです。わたくしなどは消えてしまってもいいのですが、ハク様だけは」と目に涙を溜め――ハクが「僕、おいたわしいありさまなのか」としゅんとしていた。

オサキが慌てて取り繕《つくろ》おうとし「大丈夫です。クズの痛々しさに比べたら、ハク様のおいたわしさなど気になさるようなことはなにもなく」と言い放ち、クズが「様をつけろよ。それに、痛々しいってのはなんだ、こら」と怒りだして大変だった。

喧嘩がひととおり終わってから、

「それでも、神社庁にも所属していない場所であっても、知る人ぞ知るスピリチュアルスポットとして存在し、まれに誰かが訪れて水を汲んでいらっしゃるのですから。ハク様は人びとの祈りを受けていらっしゃる。ほら、そのしるしに」

オサキがそう言って取り出したのは『所縁帖《ゆかりちょう》』という表紙をつけた紙の束であった。

とこよの宿と、うつしよの井戸に訪れた神やあやかし、人もすべて——まめな性格のオサキが作ったその『所縁帖』に名前をしるされているのだとか。

紙束は色褪《いろあ》せていて、ずいぶん長く保管されているのだろうことが伝わった。

——古い記録。

黄ばんだ紙が切ない気がした。

新しい人はそんなに訪れない、社のない神様。

綺麗で優しい龍神は、とこよで弱いあやかしたちを癒《いや》すための温泉宿を営んでいる。

——私もそこに呼ばれたんだ。

琴音はたしかに人間なんだという自覚はあるのだけれど、少なくともそんなに強い人間ではないし、そしていまはどこかで世界になじめなさを感じている。

とこよに呼ばれるだけの理由が、琴音のなかにあったのかもしれない。

そして――。

「これから『たつ屋旅館』を守り立てていかなくてはなりません。そのあとで、お嫁様の力でうつしよにある井戸に社を建てましょう。ハク様のお力を取り戻すのです」

オサキが決意に満ちた目をしてきりっとそう言い、クズもそれには同意していた。

――お嫁様の力って、私の力ってこと？

疑問に思ったが、花嫁になることをまだ了承していないので、そこは聞き返さないことにした。


そんなすべてが自分の夢ではなくとも他人の夢のなかみたいで――不思議な気持ちのまま学校の一日を終えて、放課後になる。

琴音の通う私立皇海《スカイ》学園は自由で明るい校風で知られる学校だ。創設者は、北海道という北の大地に開拓者魂を担う若人《わこうど》を育みたいとこの学園を開いたらしい。厳しい校則もなく、すべてにおいて自主性が重んじられている。

そのせいか個性的な生徒が多く、派手な友だちづきあいがある生徒たちもまれに在学しているわけだが――。

クラスメイトの井波真穂《いなみまほ》と共に帰り支度をしていたら、

「やばい人が校門にいるって」

という声が耳に入った。

「やばい人って？」

真穂が心配そうに質問する。ゆるい巻き毛の茶髪にくるっとした大きな目が印象的な真穂は、パッと見はいかにも遊んで歩いていそうに見える。が、話してみれば、単に生まれついてかわいい顔だちで、天然パーマで、色素が薄いだけのごく生真面目《きまじめ》な子だった。

しかもあまりにもかわいいせいで幼少のときに見知らぬ人に連れ去られそうになったことがあり、男性恐怖症の気《け》がある。

「明らかにカタギじゃないそっち系の、全身黒づくめで白いマフラー垂らした人が、学校前にタクシー停めて、立ってるって」

「ええ、なにそれ。怖いね」

「そうなんだよー。校門から出てくる生徒の顔を睨《にら》みつけてんだって。ひとりで帰るの怖いから、何人かでまとまって帰ったほうがいいかもよー？　うちはこのまま部活だから一緒にいけないけど」

とその子が教えてくれて、

「わかった。ありがとう。じゃ、真穂ちゃん、一緒に帰ろう」

琴音が言うと、真穂が「そうしよう」とうなずいた。

話はすぐにまとまって琴音と真穂は連れだって校門に向かう。

「……琴音ちゃん、あの人じゃない？　本当にみんなのこと睨んでる。言いがかりつけられたら嫌だから、目を合わさないようにしようね」

「そうだね」

と答えた琴音の頬が微妙に強《こわ》ばって、固まった。

──クズじゃん……。

そこにいたのは長身を仕立てのよさげな黒スーツで包み、やたらスタイリッシュに斜め立ちしているクズであった。

クズは校門を通過する生徒ひとりひとりを獲物を狙う野獣のような目つきで見据《みす》え

ている。生徒たちは視線をそらしびくびくと足早に彼から遠ざかっていく。

凶悪な目つきの美貌が仇《あだ》になり、クズはどこからどう見てもまともな職業の大人には見えなかった。

クズがもたれているのはタクシーである。

屋根についた行灯《あんどん》には『とこよ交通』の文字がくっきりとしるされている。

嫌な予感しかしない。

――もしかして、私を迎えに来たんじゃないよね……。

そうじゃなければいいと願いながら、琴音はクズから顔をそむけて歩く。真穂のほうへと顔を向け、カニのような横歩きでせかせかと進む琴音を引き止めたのは――。

「おい。琴音」

クズの、低く、どすの利いた声だった。

組んでいた腕をほどいて長い足ですたすたと近づき琴音の腕を摑《つか》む。

「な……なんですか」

「待ちくたびれて、寝るかと思った。早く、来い」

「は、離してくださいっ」

「わざわざ学校まで迎えに来てやった俺にその態度はなんだ？　昨夜、教えたのにまだ覚えていないのか。まったく、おまえはずいぶんと飲み込みが悪い。今日もきっちりとその身体《からだ》に躾《しつ》けてやらないとならないな」

まわりの生徒たちが遠巻きに琴音とクズの様子を窺《うかが》っている。傍《はた》からはヤのつく仕事の人が琴音を悪い道に引きずり込もうとしているように見えているに違いない。

クズは琴音に顔を近づけ、なにかを企《たくら》んでいるかのような黒い笑顔でささやいた。

「——連れていってすぐに昨夜の続きだ。俺はおまえのことは気に食わないが、おまえの味は気に入っている」

みんなが固唾《かたず》を呑んで聞き入っている気配がする。

——誤解されるってば。

なんなのだ。その言葉のチョイスは。

「あ……あなたのところのお店の、バイトの話ですよね。台所を片づけていた途中で時間切れになって慌てて帰った、その続きをやれっていうことですよね。私の作る料理の味の話ですよね？」

真穂やまわりのみんなに聞こえるだけの大声で言い返す。

「バイト？　なにを言ってるんだ。バイトじゃなくおまえはハクの花嫁……」

「わああああああ」

大声をあげてクズの声をかき消す琴音だ。クズはよく通る低めの艶《つや》っぽい美声なのだ。普通に話していてもあたりに響く。

「こ……琴音ちゃん？」

真穂が警戒しつつ、それでも琴音の制服のブレザーを引っ張った。強ばった顔で、唇なんてまっ青だ。

「なんだ、おまえは。琴音の友だちか？」

クズが剣呑《けんのん》な目つきで真穂を睨みつけた。真穂はぶるぶると小刻みに震え、いまにも卒倒しそうである。

「そうよ。私の友だちよ」

琴音は真穂とクズのあいだに身体を割り込ませた。自分はともかく真穂のことは守ってやらなくては。

「じゃあ、おまえも乗れ。家まで送ってやる」

クズがくいっと顎《あご》でタクシーを指した。

真穂は返事もできず小刻みに首を左右に振った。

「はあ？　俺の申し出を断るというのか？　友だちをひとりだけ置いて先にこいつ連れてったら、こいつも気まずいんじゃないのかとこっちはそれなりに気遣いを見せてやってるんだ。素直に従え！　俺を誰だと思っているんだ？　近隣では知らぬもののいない筋金入りのクズ様だぞ⁉　あまたあるクズのなかで俺こそが本物のクズ様だ」

「ほ……本物のクズ……。琴音ちゃん……？」

泣きそうな顔になった真穂を背中でかばい、琴音はクズに向き合った。

「クズ様、いろいろとお心遣い、ありがとうございます。真穂ちゃんを巻き込むのはやめてください」

「俺の親切をむげに……」

ビカッと唐突に空に稲光が走り抜けた。おどろおどろしい猛獣みたいな暗雲がみるまに立ち込め、あたりが薄暗くなる。雨粒がぽつりと足もとに落ちる。周囲の生徒たちが「わっ」と声をあげて鞄を頭に掲げた。

「親切だとしてもあなたは顔が怖いのよ」

ポロッと本音が零《こぼ》れ出た。

「顔が……怖い？」

クズが眉間に深いしわを刻む。

ショックだったのか無言になったクズを見て、琴音は真穂に小声で告げる。

「……真穂ちゃん、私は大丈夫だから、真穂ちゃんは今日はひとりで帰ってね。明日また」

真穂の肩をぽんと優しく叩いてからクズに「ありがとうございます。では連れていってください」と頭を下げタクシーへと進む。ドアがカパッと開く。

クズはすぐにはついてこなかった。

——ああ、クズ様が固まってしまった。

顔が怖いのは事実だが、事実だからこそ言われたことで傷つけてしまったのかもしれない。

クズは乱暴だし、やることは無茶だが、親切心からの申し出なのはなんとなくわかる。昨日の贅沢海鮮バター味噌ラーメンもそうだった。きっと根っから悪いクズではないんだろうなと思う。

だからクズ〝様〟の敬称つきなのかもしれない。

琴音はちょっとだけ考えて、タクシーの助手席のドアを自分であけた。後部座席にクズとふたりで並んで座るより、琴音が助手席で後ろにクズのほうがいいだろう。えらい人はきっと後ろの座席のほうがいい。

「クズ様、いきましょう」

声をかけたら「うむ」とクズが眉間のしわはそのままの陰鬱《いんうつ》な顔で後部座席に乗り込んだ。

クズは道中ずっと無言だった。そして腕組みをして前方向を睨みつけているクズは、世界を滅ぼそうと悪巧みをしている悪役にしか見えず——前回と違って、朧くるまは背後のクズの気配に脅《おび》えているのか言葉数も少なかった。

ちらちらと後ろを見るが、見る度にクズはやっぱり顔が怖くって——。

——整ってるのがよけいに凶暴に見えるのよね。

国道を右折してあやかし街道を通り『たつ屋旅館』前の鳥居に辿りついて車を降りる間際、琴音はクズに話しかけた。

「クズ様」

柄《がら》の悪いチンピラみたいな返事に琴音は苦笑する。粘《ねば》りけのある美声が妙な迫力を加えている。

「お迎えに来てくださり、ありがとうございます。でもクズ様はご自身がとんでもなく目立つくらいかっこいい人だというのを自覚してくださいね。校門前で待たれていると、みんなの注目を浴びてしまいます。明日、私は学校で噂のまとになってると思います。それ、ちょっと困ります」

「ああん？　なんだ」

「かっこ……いい？　顔が怖いって言ったじゃないか」

――気にかけるところは、そこですか。

「怖いのとかっこいいのは両立します。整いすぎてるから迫力があって、怖いんです」

クズはふんっと鼻を鳴らしてそっぽを向いた。

「弁解せずとも、いい。わかっている。同じように顔が整っていてもハクのことは誰も怖がらない。俺の見た目はたしかに凶悪なんだろう。人は見た目によらないとしても、人と違い、俺たちは中身が見た目を決めるのだ。俺の中身は人にとってはおそらく怖く禍々《まがまが》しかろう。ハクのように優しくはなれぬ」

最初は自嘲だった。が、語る声からどんどん温度が失われていくのを感じ、思わず琴音は後ろを窺った。

突き放すように冷たい目でクズはどこことも知れない空間を見つめていた。運転手のことも琴音のことも忘れ、クズはただ己のなかの闇を見据えているかのようだった。

「だから俺は、ハクが、優しいままで弱っていくのに我慢がならぬのだ。あれは人に忘れ去られ、力を失い消えようとしていても、人を憎もうとしない優しい神だ。もしハクがこれ以上弱ってどうにかなったら、俺はきっとハクの代わりに人を祟《たた》る。ハクはそんなことを望みもしないだろうとしても」

感情が剝落《はくらく》した空虚な声が車内に響く。事実だけを淡々と告げるにまかせて連ねたのだろうその言葉が重たくて、琴音はなにも返せない。

ふと気づいたかのように視線を上げ、クズは琴音を見返す。

漆黒の目に映り込んでいた虚無に似たものが消失する。琴音の存在を目に入れた瞬間、これはなんだったろうかと言いだしそうな戸惑いがクズのなかに生まれたのを琴音は認めた。

取るに足らない虫がそこにいるのを思いだしたというような、そんなまなざしだった。

「おまえがハクの花嫁になってハクを元気にしないなら、俺はこの世を滅ぼす。それを肝に銘じて、よく励め」

——親切なのにうまく表現できないだけの、ちょっと間抜けなクズっていうんじゃなくて。

ここにいるのは、人じゃないなにかだ。

力を持っていて世界を祟ることのできる異形《いぎょう》のものだ。

視線と声と存在感が琴音にそれを知らしめた。

琴音の背中がざわついた。氷柱《つらら》を呑み込んだみたいに腹のなかまで冷たくなった。

「……はい」

首肯《しゅこう》なんてしたくないのに、勝手に頭がうなずいた。気圧《けお》されるというのを生まれてはじめて経験し、琴音は姿勢を正して前を向いた。

宿に辿りつくとハクが狸《たぬき》を背負って琴音に向かって歩いてくる。

「琴音ちゃーん」

狸が肩を叩いて歌をうたい、おぶったハクは笑顔である。

花を後ろにたくさん散らしてまわりたいくらいの平和で美しい光景だ。

が――。

琴音がスリッパに履き替えているそのあいだにハクはこてっと転倒する。宿の廊下が散らかっていて、スリッパがあちこちに置きっぱなしのせいで足をひっかけてしまったようだ。なぜかそこにある段ボール箱の上に前のめりに倒れ、つぶれた箱に手をついたままずるずると滑《すべ》って移動する。

狸が背中から転がり落ち、つんのめったハクは両手を箱につき琴音を見上げた。

琴音の頭から血の気が引いた。

ハクの側《そば》に駆け寄って怪我がないかを確認する琴音の声は裏返っている。

「お怪我してませんか？　あなたになにかあったら」

――人類がクズに滅ぼされるかもしれないんですよ⁉

心の声である後半は言葉には出さない。そういえば一緒にいたクズはどうなっているのか。怒鳴りそうなものなのにとおそるおそる振り返る。

クズはわなわなと震えていた。

顔面蒼白で怒りのあまり声すら出ないらしい。ひっと息を呑みつつ琴音はハクに尋ねる。

「ハク様、大丈夫ですよね。身体のどこかに怪我とか骨折とか肉離れとか」

「大丈夫だよ。嫌だなあ。琴音ちゃんまでそんなことを言って。それに——僕はきみの婚約者なんだから、様なんてつけないで呼び捨ててよ」

「いや、畏《おそ》れ多くてハードル高いです。私は所詮、人なので」

「じゃあダーリンって呼んでくれる？」

——ハードルを無駄に上げてきましたね？

うすうす気づきつつあったが、ハクは人の話を聞いていない系美男神《びだんしん》のようである。

一方、もうひとかたの人の話を聞いていない系美男神は——。

「たぁぬぅきぃ」

狸を睨みつけて地の底から響くような不吉な声を轟《とどろ》かせた。

狸が耳を伏せて両手で頭をまるっと覆い小さくなる。琴音は狸を背中にかばった。

「——これは！　狸のせいじゃなくここの廊下が整頓されていないせいだと思うんで

す。ハク様、掃除をしましょう。スリッパとか、なにが入っているかわからない段ボールとか、このへんに置きっぱなしにしたのは誰ですか⁉」

「スリッパはわからないけど箱は彼が通販で買った健康グッズが入っていたものだったかなあ」

ハクがクズを見ておっとりと言った。

「じゃあ廊下に出したものを片づけていないのはクズ様なんですね」

聞き返した琴音を不服そうにクズが見つめる。

「たしかに俺が購入した。ハクのために身体にいいかと栄養ドリンクとなんとかという錠剤を山ほど買ったが、不味《まず》いからと音《ね》を上げて飲んでくれなくなった」

琴音はじろりとクズを睨んだ。

「片づけてないクズ様が悪いです。廊下にものを置くのはやめましょう。足もとが危険だし段ボール箱は滑ります」

言いがかりめいてもいるが、この世をうっかり滅ぼされたらかなわない。いまハクが転倒したのはクズのせいだということにして責任を押し付けたい。

「俺のせいだと⁉」

「ええ。あなたのせいです。さ、掃除をしましょう」

きっぱりと言い切った琴音の背中にがしがしと狸がよじ上ってきた。


スリッパはスリッパ置き場にまとめ、箱はすべて解体して畳む。

その後、オサキから掃除用具一式をかり出し、制服から学校ジャージに着替え、せっせと働く琴音だった。神域であっても電化製品を使っているのは昨日の夜に知っていた。どういう手段を使って契約したかはわからないが、電気が使えるし、電源もある。でも掃除機はさすがにないかなとオサキに聞いたら引きずり出してきてくれたので、ほっとする。

電気コードを長くのばし、廊下に掃除機をかけていく後ろをハクとクズと狸がついてまわる。狸はともかく残りのふたりは、はっきりいってとても邪魔だ。

「あの……なんでハク様とクズ様は私のあとをついてくるんですか？」

「物珍しくて。それ、そんなふうに使うんだねえ。それも彼が通販で買ったんだよ」

ハクが掃除機とクズを交互に見て微笑《ほほえ》む。

「クズ様は通販が大好きなんですか？」

「必要にかられて使っているだけだ。埃《ほこり》が多いと喘息《ぜんそく》になると聞いた。ハクはこのとおり虚弱で力をふるえずにいるし、俺は俺で力が強すぎてうっかり屋根を吹き飛ばしたことがあって、以来、神の力ではなく電化製品に頼るようにとオサキがうるさいのだ。それでハクのために掃除機があるといいのではと思ったんだが使い方がわからなかったのだ。――そこ、隅に埃がたまっているからもっと丁寧に吸い取ったらどうだ？」

クズが腕組みをしてえらそうに言う。

「はい」

掃除機のノズルをすき間用の細いものに取り替えると、ハクとクズが揃って目を丸くした。ふたりで「すごいな。そんな使い方も」「なるほど。そこだけ取り替えるといいのか」と言い合ってうなずいて目を輝かせ、掃除機のまわりをぐるぐる回っている。

「こっちも吸ってみたらどうだ。ここの窓の桟《さん》」

指示されてその埃を吸うと「おお」「一気に埃がなくなった」「すごいな」「すごいぞ」とまたうなずきあっているし、互いに争うように吸って欲しい埃を探して琴音のジャージの裾《すそ》を引っ張る。

――仲良しか!?

というか、間違いなくこのふたりは仲良しだ。

「クズ様は、ハク様のことがほんっとうに好きなんですね」

ぼそっとつぶやくとクズが「当たり前だ。ハクが嫌いなものなどおらぬだろう」とうなずいた。照れたり否定したりもしないのである。

「ハクがいなくなったらこの世は真っ暗になる。どうしても元気になってもらわねばならぬ」

「おおげさだなあ、きみは」

「この温泉に引きこもれば癒されるし健康になるとハクは最初は言っていたんだ。なのに湯治《とうじ》をはじめてもハクはいつまでも癒されない。いい加減元気になってもらわないと俺はいつまでたってもここでハクの看病だ。もうずっと弱々しいままで、見てみろこんなにひよひよと青白い顔で」

「もとから僕は色白で透き通るような肌だったよ」

「透き通った挙げ句に消えてしまうに違いない」

「……消えないって。きみはそんな怖い顔をしているし、おおざっぱなのに、不思議な部分で心根が繊細すぎるよ。心配のしすぎだよ？」

「おまえはそうやって爽やかな笑顔で、俺の性格をさりげなくディスる」

ハクがふわふわと笑う。クズの口元がへの字に曲がる。

バカップルの惚気《のろけ》を聞いているような気持ちになり、琴音はぽりぽりと頬を指先で掻いてから、掃除の続きに戻ることにした。

――これ、私は花嫁とか婚約者じゃなくバカップルな神様の傍観者ってのが適切なのでは⁉

自分が壁とか天井とか床になった気持ちで、このふたりの惚気や喧嘩を聞き流すのが一番なのではと早々に自身の立場を結論づける。

――花嫁というより壁の花？

いや、花ではなくただの壁なのかも。

琴音は、喧嘩なのか惚気なのか不明のやり取りをずっと続けるふたりの会話を片耳でとらえつつ、足もとをちょこちょこと走りまわる狸に向けて鼻歌をうたった。狸がきゃらきゃらと喜んで一緒になって口ずさみ、近づきすぎて掃除機に尻尾を吸い込まれ「ぷぎゃー」と毛を逆立てた。

ところで琴音が掃除をしているあいだ、唯一、この宿で有能そうなオサキ狐がなにをしているかというと帳簿整理であった。

入り口すぐにある宿のフロントの奥にドアがあり、事務室になっている。そこに引きこもって一心不乱に伝票と格闘するオサキの目は血走っていた。

ぶつぶつとなにかをつぶやいている。耳を澄ますと「クズがまた経費の無駄遣いを」とか「狸の支払いが金庫のなかで葉っぱに……わたくしがフロントにいたらそんなお金は受け取らなかったのに、どうして」「あやかし専門にしたのは神を受け入れるほどの設備が整わなかったからだったのに、低予算の宿が物珍しいからとおもしろがり屋の神が長居を……しかもえらい神ほど敬《うやま》われることに慣れすぎて平気でただ飯喰らって去っていく……」とか伝票をチェックしてはうめいている。

「あの……一階と二階の廊下の掃除は終わりました。続いて客室の掃除をしたほうがいいですか？　それとも地下の廊下を掃除しましょうか。地下の掃除は後でいいってさっきおっしゃってましたけど」

琴音は掃除機を片手に持ち、狸を背負ってオサキにそう声をかけた。

「今日は満室なのでこの時間に掃除をしてもらえる部屋はないのですよ。できればお客さまがチェックアウトをする時間帯に琴音さんがいらしてくださると助かるのですが」

オサキが疲弊《ひへい》しきった顔を上げ、応じる。

「チェックアウトってたぶん午前中ですよね。私は学校にいっているので」

「そうですか」

オサキが狐耳をひくひくと動かして遠い目をした。この宿でまともに働いているのはおそらくオサキだけなのだろう。

「……満室ってすごいですね。繁盛してるっていうことですよね？」

できるだけ気分を上向きにしてもらいたくて、良いところをあげてみた。琴音の言葉に、しかしオサキは頬を引き攣《ひつ》らせた。

「うちは泉水にすぐれた効能ありとうたっているために長期逗留《とうりゅう》する顧客が多いんですが……弱いあやかし専門の宿と認識されているのもあって、稼ぎにはならないのですよ」

「弱いあやかし専門っていうのは、そういえば狸ちゃんに聞いてます。弱いあやかしってお金あんまり持ってないんですか?」

「ええ。だって、あやかしのいったいどこに金銭を得る要素があるというのです? 神様になって神社があればお賽銭も得られましょうが」

「たしかに……」

「まれに来る力のある神のひとりはあのクズですし……その他の神もだいたいにおいて皆ワケありで……ハク様は『貧乏神は友だちだから』とか『クズは調理をしてくれるから』とか『疫病神はどこのお宿も受け入れてくれなくてうちに来るしかないから』とかでお金を取ろうとはしないんですよ」

——さらっと貧乏神と疫病神が交じってた?

「なんていうか、その。大変なんですね」

経営についてはまったくわからないので、そう応じた。

「ええ。大変なんですよ。といってもわたくしは宿のことなど本当はどうでもよくて、ハク様が元気になってくれるそれだけが大事なので……商売にかまけるのは狐の趣味の範囲です。顧客を増やそうとも思っておりませんし。増えたら今度はもっと人を雇って、厨房もクズの気まぐれ料理だけじゃなくまっとうなものにしないとならないでしょうし。ですが……困ったのはそもそもの温泉が」

嘆息をしたオサキはそう一気に言って、途中でピクンと両耳を立てた。

「ああ、そうだ。地下の廊下とついでに浴室の掃除をしてくださいませんか？　ちょうど浴室は洗いやすいようになっているのです」

「洗いやすいように？」

「いけばわかります」

オサキが立ち上がり大浴場に琴音を案内した。

4

浴場につながる廊下はとても薄暗かった。照明がチカチカと明滅し、全体におどろおどろしい雰囲気が醸《かも》し出されている。廊下も薄汚れ、いくつかの足跡がぺたぺたとついているうえに、ところどころぬるっとしたぬめりを帯びた筋《すじ》がついていた。

「地下階は普段掃除してないいんですか？」

「いえ。他と同じ程度にわたくしが掃除をしているんですが、浴室の蒸気が漏れてくるとか、あやかしたちの行き来が多いとか、そんな理由なのか、ここだけはあっというまに汚れてしまって」

「はあ……。これは掃除機だけじゃなく拭き掃除もまめにしないと」

廊下の壁に、大浴場はこちらという矢印がついている。

ご婦人用という暖簾《のれん》をくぐる。無人の脱衣所に空《から》の籠《かご》が積まれている。体重計と扇風機。大きな鏡の洗面台。

オサキは着物の裾《すそ》を手で押さえしずしずと前を歩いている。

浴室につながる引き戸をあける。

白い湯気がむわっと漂《ただよ》っている大浴場は、露天風呂つきでなかなかの広さがあった。贅沢な造りではなくレトロなタイル貼りの壁や床に、複数並んだシャワーとカラン。木の桶《おけ》と椅子が重ねて置かれている。

無人の浴室を眺《なが》めた琴音《ことね》はオサキに言った。

「掃除のためにお湯を抜いたんですね？」

湯船の湯は三分の一くらいしか入っていない。

「いいえ、抜けたんです」

「え？」

「ひとつき前からですね。温泉が枯れてしまったらしく、湯が少ししか出なくなってしまったんですよ。ハク様は湯治《とうじ》のためにここに引きこもっていたのに、これでは健康になりようがない」

「えーっ？　そんなの大変じゃないですか。なにか対策しなくてもいいんですか」

琴音の脳裏に浮かんだのはハクのふわふわの笑顔とクズの凶悪で虚無な目つきで

あった。ハクになにかあったらクズが人を滅ぼしかねないのだ。なにせ怒ると天気が荒れるのだ。さすがに全人類とまではいかなくても札幌《さっぽろ》市民くらいは壊滅《かいめつ》させられそうな気がしている。

「いま近くのカッパに調査を依頼しているところです。温泉といえばカッパですから、なにか新しい知見を得られるかもしれないと」

「定山渓《じょうざんけい》温泉はカッパで有名ですもんね。そういえば」

定山渓温泉にはカッパの銅像も建っている。そして札幌駅と定山渓を結ぶバスの名前はかっぱライナー号だ。

「でも、ここの湯は、ハク様が掘り当てたものなので……ハク様の力が弱まっていくのと一緒に温泉も枯れるのかもしれません。だとしたらハク様に元気になってもらうのが結局は対策ということに」

「そんな……」

なにもかもがハクの元気頼りとは!?

——いや、貧乏神とか疫病神とかがいるならそっちの作用もあるのでは!?

「でも昨日のハク様は明らかにいつもよりお元気になられていたので、琴音さんのおかゆとスープが効果的だったと思うんですよ。クズもたまにはいいことをする。龍神の健康管理には嫁取りだと言い出したときには、なにをまたと呆《あき》れたものでしたが――こうなってみれば、琴音さんにはぜひともハク様の花嫁になっていただきたい。わたくしは琴音さんのがんばりに期待しています!!」

オサキの希望に輝くまなざしに琴音は引《ひ》き攣《つ》った笑いを漏らす。いろんなものを背負わされてしまった気がする。

「花嫁じゃなく、私はハク様とクズ様のふたりを見守る壁役なんじゃないかなって思いはじめてるんですけど」

「壁?」

「無理に名付けるなら私の立場は、壁嫁ですね」

「かべよめ、とはなんですか?」

オサキが綺麗な目を瞬《しばた》かせ首を傾《かし》げ、尻尾をぶんっと振った。

「えーと、まあ壁とか天井とか、そういうのをこう補強する要因っていうか。そんな感じなんじゃないのかなって」

「家屋の修理がお得意なのですか?」

「違います。大工仕事は苦手ですが……。まあ、すみません。滑《すべ》ったギャグだと思って流してください」

「はい。滑ったぎゃぐということは、ここは笑うところだったのですね。失礼しました」

　オサキが真顔でうなずいた。

　――真顔はつらいよ～。

　冷えた空気に琴音の頰《ほお》が引き攣った。

　こほんと軽く咳払いをして気を取りなおす。

「病人療養食みたいなものたくさん作っておきますね。あと空気が綺麗なほうがいいのはたしかだろうから掃除も徹底して、カビと埃《ほこり》の対策に……。とりあえず浴室の掃除しますね。終わったら報告しますから、オサキさんはオサキさんのお仕事をなさっててください」

　琴音の返事に、オサキは「頼みます」と頭を下げて去っていった。

　一度、浴槽の湯を抜いてからスポンジに洗剤をつけてゴシゴシと擦《こす》る。狸《たぬき》にはお願いし背中から降りてもらった。ついでに狸にもスポンジを渡し、ひとりと一匹でカビ取りのスプレーとモップを駆使して鼻歌をうたいつつせっせと磨きあげていると――。

ざりざりざりざり……。

謎の音がどこからともなく聞こえてきて、琴音は耳をそばだてた。

もやもやとした影が浴室の隅で蠢《うごめ》いていた。音はそこから聞こえてくる。さっきまでなにもなかったのにいったい。

「……そこ……誰かいるんですか」

問いかけると、

「まずぅい。しょっぱあああい」

陰鬱《いんうつ》そうな声と同時に、暗い影だったそのものが丸めた背をのばして立ち上がる。

咄嗟《とっさ》にモップを両手で摑《つか》んで対峙《たいじ》し、

「何者だっ⁉」

と声を荒らげてしまった。

言ったあとで「時代劇か」と自分に突っ込む。人というのは、思わぬ事態に向き合ったときに本性のようなものが露《あら》わになるものらしい。琴音は悲鳴を上げずに、手近なものを武器に摑んで挑《いど》みかかるような人間なのだろう。

　途端――。

「……琴音ちゃん。どうしたのっ」

　ガラッと戸が開いて、ハクが飛び込んできた。

　対峙した相手と琴音のあいだにハクが身体《からだ》を割り入れる。長身の背中が琴音の前を覆う。

「へ？　ハク様？」

「弱くったって、大事な花嫁のことは僕が守るんだ。琴音ちゃんを驚かしたおまえは何者だ……ってあ」

　あかなめ、か。

　ハクの気張った声がしゅるるっと小さくなった。

「あかな……め？」

　琴音は背中から首をのばし、そっと様子を覗《のぞ》く。

　風呂場の隅で、長い舌をしゅるるんと畳んで口にしまいこんだのは、赤い巻き毛の小さな子どもである。どういうわけか『あかなめ』と手書きされた白い布が胸元に縫《ぬ》い付けられたスクール水着を身につけている。

口元を拳で擦りあげ「美味《おい》しくない」と涙目になった姿は、ぽてっと突き出たお腹や、丸い顔もあいまってそこはかとなく愛らしく、いたいけだ。

「あかなめ……って、汚れたお風呂場のあかをなめる妖怪……だよね？」

母の蔵書漫画に出てきていた。

名前のタグつきのスクール水着は着てなかったし、もっとおどろおどろしい趣《おもむき》の造形だったけれど。

「ん。あーちゃんは、そうだよ」

無表情で抑揚なく応じる。

「っていうことは……まずい、美味しくないって……しょっぱいって……もしかして浴槽の汚れを⁉　待ってよ。ざりざりって聞こえてたの……」

見た目のインパクトが大きすぎる。

子どもの姿で、悲しい顔つきで風呂の汚れを食べないでいただきたい。

できるものなら小さな子には風呂の汚れよりお菓子とか美味しい食事とかを食してもらいたいではないか。

琴音はジャージのポケットに手を入れる。実は狸にあげたら喜ぶのではと飴玉を持参していたのである。すでに狸には渡していて妖怪でも飴を食べることは確認している。

「んっ?」

見返すあかなめの手のなかに飴を押しつけた。

「口直しっていうか。気に入るかどうかわからないけど試しに食べてみて。嫌いだったらペッて吐き出してくれてもいいから」

「ありがとう」

あかなめはしげしげと飴を見て小袋を破き、口に放り込んだ。しばし口のなかで転がしてから「甘い。美味しい。あーちゃんこれ好き」とにこっと笑った。笑うと口元に小さな牙が覗く。それまでが原則、涙目もしくは表情がなかったせいで、笑顔で印象が激変する。

——めちゃくちゃ、かわいいじゃないのっ。

「お口にあってよかったわ。あなたもこの旅館のお客さまなのかな?」

念のため、聞いてみた。

首が横に振られ「んーん」と否定された。

「オサキさんにお風呂が汚くなったからちょうどいいし働きに来いって言われて来たの。二週間前からここの従業員だよ。これ……従業員ならこれを着るといいってクズ様にもらった……ゆにふぉーむ」

水着の生地を指で引っ張って、自慢げに胸を張った。

なんでスク水を与えるのかな。マニアックだな。

――クズ様、こういうところが本当にクズだ。

「なるほど、そうか。オサキから従業員を増やしたという話は聞いていたよ。僕は寝込んでたから挨拶もまだだったね。ようこそいらっしゃいませ。僕が主《あるじ》のハクです」

ハクが丁寧にお辞儀をした。あかなめも、しゃちほこばってお辞儀をした。琴音も続いて自己紹介をする。

「私は、宍戸《ししど》琴音です。私は昨日からここにお手伝いに来てるの。あーちゃん、従業員ならここの掃除、手伝って。はい、モップ。これでゴシゴシしてね」

有無を言わさずモップを渡す。あえて汚れを食べずとも、他に食べさせたいものはたくさんあるし、汚れは掃除器具で落としたほうが綺麗になるのだ。

「あとで食堂で飴よりもっと美味しいもの作る予定だから、一緒に食べよう」

あかなめは「んっ」と真顔で応じた。


狸とハクにも飴玉を渡した。ついでに自分も飴を口に含んだ。

手を動かしているほうが心が落ち着く。琴音はそういう質《たち》だった。母も同じだったから、琴音たちは親子していつもなにかしら動きまわっていたものだ。

ゴシゴシゴシ。

せっせと浴槽を磨く琴音の傍《かたわ》らで、あかなめもハクも狸もひたすら手を動かしている。

「ハク様を働かせたら、怒られる気がするんですが」

おそるおそるハクに言うと、

「大丈夫。ちゃんと手を抜いているから倒れないよ」

と言ったはしからハクは重ねた桶に躓《つまず》いて、蹴飛ばした。

「危ないですよー」

「そうだねえ。じゃあ転ばないように、座って、風呂掃除をします。琴音ちゃんになにかあったら僕が守るから、できるだけ側《そば》にいたいんだ。ここの神域、僕が弱ってからあちこち綻《ほころ》んでるみたいだから、心配だし」

うつむいたハクの真剣さに、琴音の頬が勝手にゆるむ。適当な言い方じゃなく、とても本気なんだろうなと思えるからだ。洗剤つきのスポンジを握るハクの指に力がこもって、ぎゅっと白くなっている。

「ここ。女湯なんですけどね」

「掃除中は関係ないでしょう？　それにだから最初は廊下で見張ってたんだよ。女湯に堂々と入るのもどうかって考えるくらいの常識はあるし、働かないまま女湯に居続けるのもどうかっていう常識もあるんだよ。働いている真似《まね》くらいはさせてね？」

ゆるい話し方でふわふわとそう言われると、怒るようなことじゃないよなあと思えてくるのが不思議だ。悪戯《いたずら》っぽく笑われると、それだけでもう許すしかなくなる。

「なるほど。わかりました。具合が悪くなったら、言ってくださいね」

「うん」

ハクが琴音に背を向けて座り込み、床を擦りはじめる。

琴音は琴音でモップで反対側の床を掃除する。

そのまま全員が無言になった。掃除というのはひとつの汚れを綺麗に消すと達成感が湧いてきて、けっこう真剣になってしまうものなのだ。

互いに違う方向を向いて忙しくしている感じが妙に懐かしかった。おじさんたちの家ではこんなふうに風呂掃除なんてできない。そんなことをしたら「気を遣わなくていいんだよ」と止められてしまう。

それは優しさからだとわかってはいるのだけれど。

しばらく無心になってあちこちをピカピカにする。

洗剤の匂いがツンと鼻にくる。

じわっと鼻の奥が痛くなった。

浴室のタイルにぽたりと水滴が落ちる。

——あれ？

私、泣いてる？

水滴の正体が自分の涙だと気づくのに少し時間がかかった。

琴音はカビ取りの匂いがこもるからと慌《あわ》ててドアを開け放し、尋ねる。

「ハク様、狸、あーちゃん、大丈夫？　カビ取り、目に沁《し》みない？」

「ん。だいじょーぶ」

答えてニッと笑うスク水姿の妖怪に笑い返し――。

その瞬間、ふいに、悲しいという感情が積乱雲みたいに自分の内側にもくもくとこみ上がった。

さっきまでなんにも感じていなかったはずなのに……。

みんなの姿がぼやっと滲《にじ》む。

自分と一緒に浴室を磨いているのが母じゃないんだという当たり前の事実が唐突に心と身体に沁みた。暴力みたいな寂しさにガツンと内側を殴られたように、胸の奥が痛くなった。

痛むのは、昨日、ハクにお見送りされたときに疼《うず》いた場所だ。

そこは、もしかしたら固くぎゅっと握りつぶされて放置していた琴音の心のある場所なのかもしれない。

正座をしたあとの足がしびれるみたいに、昨夜、とこよの妖怪や神様と触れあったことで、長いあいだ強ばっていた琴音の心が動きだし麻痺《まひ》していたものが解けたのだろうか。

狸を背負っていたからいつもよりがんばって走ったり、蒼白な顔色のハクのために料理を作ったり——とこよという非日常の世界で、はじめて出会うものたちばかりで、遠慮をしあう余裕なんてひとつもなくて。

ずっと泣いたほうがいいのにと思いながら泣けなかったのが、誰かのためにという気持ちと、その誰かに優しくありがとうと言われた嬉しさで——あたたかい涙が伝わって——つながって——染みて——流れだす。

一滴の涙がポンプみたいに作用して、いままで閉じ込めてきたいろんな感情を一気に心の内側から汲み上げていく。

——お母さん、いないんだなあ。

知ってたし、ずっとわかっていたつもりだったのに。

誰かと一緒に力いっぱい同じ仕事をしたせいで、寄り添うということと、互いにもたれあうという関係の形を思いだしてしまった。

そして、琴音がもたれかかって育ってきたあの大きな存在もあたたかい体温も柔らかさも厳しさもなにもかもが——もう、ここには、ないのだということも。

もう二度と会えないのだ。

——私、ずっと夢のなかみたいに過ごしていたなあ。

悲しみはいつもとんでもないタイミングで琴音の胸ぐらを摑んで振り回す。

「あれ……カビ取りが沁みてるのもしかして……私だけ……かな」

琴音はちょっと暢気《のんき》な言い方をして二の腕で目を擦って、涙をごまかした。

「琴音ちゃん？　これ使って」

ハクが立ち上がり琴音にハンカチを手渡す。柔らかなガーゼ素材のハンカチはいかにも適当にまるめた感じで、でも手触りは心地よくて、いい匂いがする。

「うん。ありがとう」

ハンカチを目に押し当てる。ぐずぐずと洟《はな》を啜《すす》って泣きだした自分はみっともないなあと思う。脈絡がなさすぎてみんなはどうして琴音が泣きだしたのだろうと困っているに違いない。

だけど——。

「あーちゃん、狸、換気をしよう。琴音ちゃん、ちょっと外に出ようか」

「うん……」

ハクは脱衣所の椅子まで琴音を連れていって座らせて、そのまま琴音の背中を優しく撫《な》でた。何度も何度も撫でた。

「僕も目に沁みて泣けちゃった。あーちゃんと狸もだね」

泣いてないのにハクはそんなことを言う。

「ん。あーちゃんも目、痛い」

「よーし。僕の胸でお泣き。狸は僕の背中でお泣き」

そう言い合って――ハクとあかなめがひしっと抱きあった。そしてハクの背中に狸がよじのぼり肩を叩いている。抱擁そのものはいい光景なのだがひとりはスクール水着だし背中には狸だしで――。

琴音は思わず小さく笑った。

「琴音ちゃん、大丈夫?」

なにが、とハクは聞かない。

「もう……大丈夫」

琴音がうなずくとハクが微笑《ほほえ》んだ。

それからまた掃除を再開した。

鼻歌をうたったら浴室に歌声が大きく響いて、ハクは「いい歌だね」と褒めてくれた。なにが楽しいのかもわからなくなって、にこにこと笑った。

掃除が終わると道具を持って廊下に出る。廊下の向こうからクズが勢いよく走ってくる。

「ハクーっ。その手に持ってるスポンジはなんだっ。寝てろって言ったのに、おまえはどうして目を離すと働いてまわるんだっ」

「働かないことを怒られるならまだしも働くと怒られるのっておかしいと思うんだ」

ハクが困った顔で言い返す。

「おまえに限って働かないほうがみんなのためになる。まずは養生だ。それになにをやらせたっておまえより俺のほうがずっと上手いのだ。やらなくちゃならないことがあるなら俺に言え。やり遂《と》げる」

「きみはそう言ってひとつき前の掃除で地下一階の床に穴をあけてしまったじゃないか」

「綺麗さっぱり見晴らしもよくなって立派な掃除だ。俺はやり遂げた」

「掃除じゃなくて工事だったよ。しかも失敗した工事だ。だって穴ができてしまったもの。あ、そうだった。あの穴をふさがなくちゃならなかったんだ。オサキに言うのも忘れていたよ。寝込んだせいでなにもかも後回しになってしまっていた」

「大工仕事も俺のほうが上手いぞ」

と——家屋がぐらりと揺れた。

地震だ。

ハクはふらっと足もとを揺らし斜めになった。クズと琴音が一緒に手を出しハクの転倒をふせぐ。

「あの、ハク様、仕事の監督ありがとうございます。きちんと座って見張っていただいて、おかげで私も働くことに気合いがはいりました。監督がひとりいるとピシッとしまる」

「……監督？　働いてたわけではないのか」

クズが疑り深い顔で琴音とハクを見比べた。

「はい。ハク様は、ちゃんと座って、私の働きぶりを見張ってくださっていたんです。ハク様もお疲れになったようですし一旦お部屋にお戻りください。クズ様、ハク様をよろしくお願いしますね」

「む。そうか。わかった」

クズが素直に納得する。怖いわりには、人を疑うことを知らない神様だ。

琴音はハクの手からスポンジをさりげなくもらい受け、ハクの身体をクズへと押しやった。

――実際、嘘じゃないしね。

すると、ハクがすっと姿勢を正し、琴音の前に立つ。

「宍戸琴音――我が婚約者。歌と涙と労働の奉納を我はたしかに受け取った」

白い指が琴音の頬に触れる。ハクの肌は月の粉をまといつけたかのようにわずかに発光している。

――え？

ハクの綺麗な顔が近づいて、琴音の耳元にささやきを注ぎ込む。

「望みをひとつ叶えよう」

「望み……って？」

とろりと溶けた蜂蜜みたいな金色の双眸《そうぼう》が妖《あや》しい光を湛《たた》え、琴音を見つめている。

甘やかな声が鼓膜をくすぐり、琴音のうなじがざわめいた。

足首に巻かれた赤い糸がハクと琴音のあいだでピンッと張り、一度だけ震える。

ぶぅううん。

つながった糸が、楽器の弦みたいに音をさせた。

身体の奥が震えた気がした。

「琴音ちゃんの歌は、力があるね？」

くすりと小さな笑い声を漏らし、ハクの身体が離れていった。

琴音はぽかんとしてハクを見返す。

「働くなといっているのにどうしてそこで力を使う」

途端、クズが目をつり上げた。

「いいじゃないか。琴音ちゃんにいいところを見せたいなって思ったんだもの」

「それで倒れたら世話がない。もういいから、いますぐ寝かしつけてやる」

ハクとクズを見送る琴音は、

「あなたたちが結婚しちゃえばいいのよ。つきあっちゃいなさいよ。むしろつきあっているのでは!?」

と、ぼんやりと本音を口にした。

だってどう見ても、ハクとクズは常にいちゃいちゃしている。

そんな琴音の背中に、狸がよじのぼってしがみつき、ぼうっとした琴音はやっと我に返ったのだった。


――いまの、糸が震えたやつは、なんだったのかな。

糸はすぐにゆるんで床に落ちていったし、聞き返す暇もなくハクは連れ去られてしまったしで――。

まあいいか、と、琴音は廊下を雑巾がけすることにした。目の前のことだけをやっていれば、とにかくどうにかなるものだ。琴音はもうずっと、そういう心境で過ごしている。

あかなめと狸にも手伝ってもらいながら鼻歌をうたいつつ雑巾をかけていくと、廊下の床にあいた大きな穴に辿りついた。

あかなめと狸とで並んで穴を見下ろす。

「これが……クズ様があけたっていう？」

穴というより、それは断崖である。

板張りの廊下が突然ぷつりと途切れ、ぽかりとあいた空間の底で、地面がえぐれている。琴音はおそるおそる廊下のはしにしゃがみ込み、穴のなかを覗く。前屈《まえかが》みになったら、ポケットにひっかけていたボールペンが外れ、のばした指のあいだをすり抜けて、穴に落下していった。

「あ……」

耳を澄ましたが、なんの音も聞こえない。ペンくらいの軽さでは、底についた音が聞こえないのかもしれない。暗くて、深い。奥底が見えなくなっていて、くらくらする。

暗闇恐怖症でも、高所恐怖症でもないのだけれど、見下ろしていると足の裏がざわざわしてくる。

「こんなの私にはふさげないや。危ないなあ。狸とかあーちゃんが間違って落ちたら大変だわ。オサキさんに言って大工さんを頼みましょう」

本職の大工じゃなければ無理そうだ。

とりあえず大量にある段ボールを開いたものにマジックで『危険・通行止め・穴あり注意』と大書してモップとバケツで簡易バリケードを設置してから、琴音は事務室へ戻ったのだった。

　オサキに穴の話をすると、つけていた帳簿の手を止め嘆息する。

　オサキは穴の存在を知らなかったらしい。

　ぎりぎりと奥歯を噛《か》みしめて唸《うな》ってから、

「またクズがろくでもないことをしたのですね」

　と、吐き捨てるように告げた。

　三角の耳が苛立ちを伝えるようにひょこひょことせわしなく動いている。

「人間に頼むわけもいかないし、大工仕事が得意な妖怪というのもあてがない。大工の神様っていうと聖徳太子なんですが、まあご多忙でしょうし、うちのような宿が仕事をお願いしてもいらしてくださるかどうか……」

「聖徳太子って大工の神様なんですか？　歴史上の実在した人物なだけじゃなく？」

「人が死後、神格化されて祀《まつ》られて神様になっている例はたくさんあるんですよ。菅原道真公なんかもそうですねえ。むしろそうじゃない、古代神話の神様のほうがじょじょに力を失いつつあるんじゃないですかね。だって、うつしよのみんなは、もとの神様たちの名前などもうほとんど忘れかけている。祀られない神は消えていくしかないのです。忘れられた神や妖怪は消えていくんですよ」

しんみりとした言い方だった。

ハクとハクに付き従う自身のことが心に去来したのかもしれない。

「建築の神で一番有名なのは大国主大神《おおくにぬしのかみ》ですが、お願いすると大事になりますし」

結局、穴ふさぎは自分でやるしかないんでしょうねえと最後にまたもや嘆息でしめた。

「ええ？　オサキさんが？」

「クズが通販で謎の大工道具を購入する前にふさがないと、クズのことですから修理をしたらきっといま以上に穴を広げるに違いありません。あれはなにをしてもおおざっぱで手荒なのに、自身はその粗忽《そこつ》さをいっかな認めようとしないのですよ。尻ぬぐいはいつだってわたくしなんだ。……琴音さんたちはこちらで少し休んでいてください な。お茶などはご自由に」

「けっこう大きな穴なんで、気をつけてくださいね」

「大きいんですね。わたくしでできるのかしら。できなくても、やらなくてはならないのですが」

陰鬱な顔つきで部屋を出るオサキを琴音は見送り、そのあとでお茶を淹《い》れる。

狸とあかなめのぶんも湯のみに注いで、ことりと置いた。緑茶に適した湯の温度は少しぬるめだ。湯のみの半ばくらいに注ぐと、器を持ちやすいし、飲みやすい。

茶葉を多めに入れてしまったから濃い色になった。

湯のみ三個を前にして、椅子に座って少し渋めのお茶を飲む。

「……ちょっと苦かったかなあ。ごめんね。うちの母がね……緑茶とコーヒーだけは濃くて渋いのが飲みたいっていう人で。ついくせで多めに茶葉を入れちゃって」

向かい合って座るあかなめが、一口、お茶を啜《すす》った。

「んーん。美味しい。――こういうお茶、前にも飲んだ。熱々じゃなくてフーフーって冷まさなくてもいいお茶が美味しいって言ったら、その人は……」

緑茶はぬるいほうが美味しくて、湯のみは持ち手がないから縁まで注ぐと持ちづらい。それで少なめに注いだのよって――言ったんだ、と。

あかなめがなにかを思いだすような遠い目をした。

「にこにこ笑ってそう教えてくれたの。傾聴屋さんの人……」

――傾聴屋さん？

「え？　それってもしかして私のお母さんかもっ」

そう言ったのと同時に琴音の視界がゆるく滲んだ。

――あれ？

薄い紗《しゃ》がかった膜が一枚、覆《おお》い被《かぶ》さったように、世界がすうっと遠ざかる。

ぶぅううん。

弦楽器の奏《かな》でるような低い音がわずかに響く。

「傾聴屋さんはいまはもう、うつしよの地面から足の裏を離してお空に向かったたって聞いてるよ」

あかなめが言った。

不思議な言い方。でもその通りだ。琴音が生きている世界と地続きの場所を、母はもう、歩いていない。

なんだろうと目を擦って瞬《まばた》いたところで――目に映る光景がぐにゃりと歪《ゆが》み――あかなめの姿も、目の前のお茶も、輪郭がぼやけて溶けていく。

「あーちゃんが傾聴屋さんとお話ししたのは一回だけで、一緒に、淹れてくれた美味しいお茶を飲んだの。あのね、あーちゃん、あかなめとしてどう生きていったらいいのか悩んだときがあって」

――どう生きていったらいいのか……って。

幼女の見た目で大きな悩みを抱えていることに驚いた。が、妖怪や神様の見た目と実年齢は別なのかもしれない。

あかなめの声が遠くなる。

足首の糸が小刻みに震える。

気づけば琴音は見知らぬ部屋で、あかなめの前に座ってお茶を飲んでいる。

ここはどこだろうと周囲を見回す。

裸電球が灯る畳敷きの六畳間のコタツに足を入れて座り、あかなめは毛布にくるまって寒そうに背中を丸めている。

小さな細い手で羽織った毛布の前をあわせ、つり気味の目を瞬かせ、あかなめがぼそぼそと話しだす。

『傾聴屋さんはお話を聞いてくれるって、みんなが言うから』

答えようとしても琴音の口から声は出ない。

その代わり別な声が内側から響いて——。

『ええ。私はお話を聞くのが好きなので、みんなからいろいろと教えてもらっているところなのよ』

その声にハッとした。

——これって、お母さんの声だ。

『あーちゃんは、人間たちのお説教のついでにできた妖怪なの。昔の人が、お風呂を綺麗にしなかったりするのを誡《いまし》めるために、汚くしていると〝あかなめが出るよ〟って脅《おど》すためにできたのね』

『うん。うん。教訓のための妖怪を、人はいくつも作ってきたみたいね』

相槌を打つその声は、やはり母のもので——視線を下げると湯のみを持つ左手の薬指に金色の指輪がはまっている。母が〝魔よけみたいなものなのよ〟と笑って、ずっとつけていた結婚指輪だ。

琴音が知る、唯一の、父の痕跡。

どうやら琴音は、いまは、母の姿になっているらしい。

──これは、過去？　あかなめの記憶のなかのお母さんっていうこと？

どうして……どうやって……？

混乱する琴音の足首がチクッと疼いた。

ふいに脳裏に蘇《よみがえ》ったのはハクがささやいた言葉だ。

〝歌と涙と労働の奉納を我はたしかに受け取った〟

〝望みをひとつ叶えよう〟

──私の知らないお母さんの姿を知りたいって、私、そう願っていたわ。

足首に巻かれた赤い糸のあたりが、じんわりと熱い。

『でも……そんなの嫌だなあって。そういう理由で生まれちゃったとしても、もっと違うことをしてもいいのかなって悩んだの。掃除嫌いな人を脅すために、あかをなめて過ごしていくのはもしかしたらちょっと悲しいかもなあって』

あかなめの声がして、琴音は慌てて目の前を見る。暗い顔でうつむいて、あかなめが湯のみを手にしている。

そういえば──妖怪には一定数、教訓や説話と紐《ひも》づけられたものがいる。子どもが寝つかないときに『早く寝ないと怖いお化けが来るわよ』って言ったりするような、そういう形で妖怪や神様を使うことがある。

人は、存外、得体の知れないものに面倒なことを押し付けがちで、清潔にしておいたほうがいいが清掃が大変な場所にはだいたい妖怪や神様を棲《す》まわせ、脅す役目を押しつける。

するすると頭にそんな知識が紛れ込む。母の蔵書で得た知識のひとつだが、もしかしたら過去の母の記憶を琴音が感じ取っているのかもしれない。わからない。

『なるほど。それは悩むわね。私があーちゃんだとしても、悩むわよ、それ』

母が言う。

とても母が言いそうなことを、言う。

――そういう人だったなあ。

傾聴の力のある人。寄り添うことができる人。決して相手を否定しない人。

だからそのひと言で、琴音は、これが夢や幻ではなく母の過去の記憶なのだと信じた。

『本当に？』

『本当に』

『……妖怪のお仕事って驚かしたり、怖いことをしたり、人を食べたりするやつが多くてどれもあんまり好きじゃない。あーちゃん、化けられるほど強い力も持ってないし、特別な妖怪でもない。まわりのみんなはちゃんと脅かして過ごしてるのに、あーちゃんだけ、うまくいかなくて。妖怪としてうまくやっていける気がしないし、大丈夫かなあって』

『寂しいねえ。つらいねえ。そういう気持ち』

『寂しいの？　つらいの？　そうかー。こういうのは寂しいとか、つらいとかいう気持ちなんだね。寒いっていうのかなと思ってた。胸のここのところ、いつも裸だからずっと寒いのかなって』

と、あかなめが湯のみに口をつけ、ほうっと息を吐く。

羽織っている毛布の下はもしかしたら全裸なのかもしれない。この小柄な妖怪は普段は服を着ていないのかも。

『あーちゃんだけ、とこよにとけ込めないみたいな気がして……寂しいのかな。他のあかなめはちゃんとあかをなめて暮らしているのに』

『あーちゃんの気持ちは、あーちゃんだけのものだからねえ。他のあかなめがどうであっても』

『そうかなあ』

『うん』

あかなめがまたお茶を飲む。

『傾聴屋さんのお茶、美味しいね』

『そう？　ありがとう。ちょっと濃いでしょう？　濃い味のお茶が好きで渋すぎるってたまに嫌がられるのよ』

『んーんっ。美味しいよ。前にね、茶釜のつくも神にお茶をもらったとき、湯のみが熱くて持てなくて、それでも飲んだら舌を火傷《やけど》しちゃったの。口のなかを火傷するとね、あかなめのお役目が大変なの。こんなふうに持ちやすくて、フーフーって冷まさなくてもいいお茶、美味しいな』

『持ちやすい？　そうそう。湯のみには持ち手がないから、縁までぎりぎりにお茶を注ぐと、持てないのよ。昔はね、私も、たくさん入っているほうがいいかなって、娘の湯のみにいっぱいお茶を注いだの。そうしたら娘が〝熱くて持てない〟って大騒ぎしてね』

『傾聴屋さん、子どもがいるんだもんね』

『そうなのよ。かわいい娘がいるんだよ。でも私はぼんやりしているから、子どもにいろいろと教わりながら子育てをしてきてね……迂闊《うかつ》な母親なもんだから、大変よ。お茶の注ぎ方も娘に教わったようなものなの。どちらが親で、どちらが子どもだか、わかんないわ。それにしても……あーちゃんはすごいねえ』

『なにが？』

『お茶の注ぎ方で持ちやすさが違うことに自分で気づけるなんて、すごいことよ。細かいことに気づくのは才能なのよね。私はあまり得意じゃないから羨《うらや》ましい』

『そうかなあ？』

『うん。そうだと思うよ。あーちゃんは、なんにだって気づけると思うし、きっとなんでもなりたいものになれるような気がするなあ』

『そうかなあ』

『うん』

あかなめがお茶を飲む。

そして――。

ぶぅううううん。

低い音。

ぐらっとまた視界が滲み、さっきと同じように、あたりを見回す。

琴音の意識は今度は『たつ屋旅館』の事務室に戻っていた。

お茶を飲み終えた狸が走ってきて琴音の背中によじ登る。背中を蹴飛ばしながら登るのでくすぐったいやら、肩に響くやらで――。

――狸の蹴飛ばし感がめちゃくちゃ現実っていうか。

それはそれでどういうことなんだと自分につっこまざるを得ない感覚なのだけれど。

「……傾聴屋さんは、お話をただ聞いてくれるだけなの。どうしたらいいとか、ああしたらいいとか、そういうことは言わないの。でも一緒にお茶を飲んで、そうしたらそのお茶が美味しくってね……なんとなくそのときだけは、気持ちがらくになったんだ」

あかなめは、琴音がずっとそこにいたかのように普通にしている。

琴音が、別な光景を見る前と同じ姿勢で同じ格好で――目の前にいるあかなめがスクール水着姿で湯のみを両手で抱えて話しているのを認め、琴音はぶんぶんっと首を横に振った。

「どうしたの、琴音ちゃん？」

「いや、なんでもない。なんでもないよ。スク水はやっぱり強烈だなって我に返っただけ」

「強烈？」

「……あの、私、ちゃんとずっとここにいた？」

「ん」

あかなめが怪訝《けげん》そうに目を瞬かせたので、慌ててごまかす。

「えーと……お母さんの話を聞くの、なんだか不思議な感じがして。だって、その……あーちゃんは妖怪だし。私、お母さんが妖怪と仲良くしてたなんて知らなかったし。しかも私のことを話してたなんて」

なんだか自慢げに。

とてもいいもののように大切に話してくれていた。

胸がぼわっとあたたかくなる。

──やだ、また泣きそう。

涙が溢《あふ》れそうになるのをぐっと堪《こら》え、琴音は話を続けた。

「その……あーちゃんは、私のお母さんと話して、気持ちがらくになったのよね？」

「んっ」

と、あかなめは首を傾げた。

「お話聞いてもらってそれからすぐになにかが変わったわけじゃないんだけれどね。でも──傾聴屋さんがあーちゃんの話をずーっと聞いてくれたときのこととか、淹れてくれたお茶の味とかをたまに思いだして──なんにでもなれるのかもしれないなって、これまでの一年間、がんばってたの。そうしたらオサキさんに従業員として誘われて……聞いたら、お風呂のお掃除だったのちょっとがっかりして。やっぱりそれしかないのかなあってなって。あーちゃんは、あかなめだしね」

それでも、あかなめは、この二週間、ひとりでがんばってきたのだそうだ。

母が話を聞いてくれていたときのことを思いだしながら、あかなめは『たつ屋旅館』の浴室の掃除をしたのだそうだ。

そうしたらあかなめは、風呂の汚れは些細《ささい》なものでも気づくことができる自身に

〝気づいた〟のだそうだ。

「細かい場所とかね、昨日と今日のぬめりの場所の違いもわかるんだよ」

「それ、すごいよ。些細な汚れに気づけるのって才能だと思う」

琴音はそう応じる。

――お母さんこそ些細なことに気づける人ではあったんだけど。

だからこそ「自分はそうじゃないんで羨ましいな」って、咄嗟にそう言って、あかなめを褒めることができたのかもしれない。

相手の話をよく聞いて、相手の欲しいものを手渡すために心を傾ける。

――私も、お母さんに褒められたり、気持ちをすくい上げられたり、くすぐられたりして大きくなったんだ。

そういう母だった。

琴音は母に「どう生きていったらいいのか」と聞いたことはなかったけれど。

もしも母に聞いたなら琴音にも優しくなにかを言ってくれただろうか。

琴音の知らない母の姿を、幻みたいにかいま見ることができて嬉しい気持ちと、でも母はいまはもう側にいなくなってしまったのだという寂しい気持ちが、一緒に混ざりあって胸の奥に沈んでいく。

母はどんな気持ちで、あかなめの話を傾聴していたのだろう。優しく寄り添って、真剣に聞いて——あかなめのこれからを応援したいと願って——。

「っていうか……うちのお母さん、ちゃんと見るべきとこ見てたんだと思う。だって、あーちゃん掃除の手練《てだ》れだったもん。さっきもものすごくお風呂掃除の手際がよくて誰よりもタイル磨きに貢献していたよね」

気づけば琴音はそう言っていた。

「んっ。そう思う？」

「そう思う」

「あーちゃんお掃除は好きみたい。特に今日!!」

パッと目が輝いた。

「今日？」

「琴音ちゃんとお掃除するの楽しかったよ。廊下の掃除も楽しかったもの」

「それは私も楽しかったよ。みんなで一緒に働くのが、ものすごーく楽しくて、ありがたくて……。一緒にお風呂掃除してくれてありがとうね。ピカピカになって達成感もめちゃくちゃあったし!!」

あかなめは「んっ」と小声でうなずく。

「あーちゃん、お風呂だけじゃなくどこのお掃除も好きかもしれない。あと、なめなくてもお道具使って掃除するの楽しいね」

琴音は、あかなめの言葉についつい前のめりになる。

「うん。それ大事な気がする。好きで食べてるなら止めないけど、それでしか生きていけないわけじゃないなら、もっと美味しいもの食べて過ごそうよ。掃除は掃除道具使えばいいし、みんなでやるのもいいと思うんだ。で、食べ物はさ……今度、お菓子も持ってくる。今夜は湯豆腐にしようか。夜になるとちょっと肌寒いもんね。みんなでお鍋にしよう」

豆腐小僧も小豆洗《あずき》いもたぶん豆腐は好きだろう。

ハクの身体にも湯豆腐だったら負担が少なそうだ。

「ということで、じゃあ厨房いってご飯の支度しよっか。手伝ってくれる?」

「んっ」

飲み終えた湯のみを片づけて、狸を背負うと、琴音は厨房へと向かった。

夕飯は昆布を敷いた出汁《だし》で作るほかほかの湯豆腐だ。昆布は表面からぷくぷくと気泡が上がり、ぬめりが出る前に取り出し、鰹節を贅沢にどさっと投入する。

金色の出汁から美味しい匂いの湯気がふわふわと漂う。

出汁のなかで豆腐がゆらゆらと揺れている。冷蔵庫のなかにはカッパたちが貢いでくれたという立派な鱈《たら》が入っていたから、それも鍋に投入した。

長ネギをくたっとなるくらいに煮込むと甘みが増すが、そこは各自のお好みで。

薬味たっぷりにポン酢しょうゆ派と、酢のないしょうゆ派とでちょっとだけ揉《も》めたが、各自の取り皿で調整すればいいだけのことだ。

昨日の面々にプラスしてあかなめにカッパたち。

人数が多いので鍋はふたつにして、テーブルも二卓に分けることにした。

カッパたちはオサキの依頼を受けて定山渓《じょうざんけい》から泉質調査にやって来たのだという。人間ならば五、六歳といった感じの体躯《たいく》で頭のうえに皿がある。身体は緑色でなんとなくつるっとしている。

カッパといえばキュウリだろうと、琴音はキュウリをひとり（ひとカッパと呼ぶのかもしれないが）に一本ずつ渡して歩いた。カッパたちは「いやいや、こりゃどうも」「すみませんねえ。お食事時にお邪魔しちゃって」「こっちは調査したらすぐ帰る予定だったんですが、ありがたいですなあ」と、妙に世間慣れした言い方で琴音をねぎらってくれた。

「知らないあいだに『たつ屋旅館』さんに若女将《わかおかみ》がねえ。こんなに若くてかわいらしくて。ハク様はいいお嫁さんを見つけたねえ。大変でしょう。うつしよの高校生ととこよの旅館の若女将って」

作業服を着たカッパがそう言った。全員、なぜかアロハシャツを羽織っている。なかにはメガネをかけているカッパもいる。

「いや、そういうんじゃなくてアルバイトです」

——というか私の立場はたぶん壁です。

即座に修正したがハクがにこにこと、

「求婚したんだけどまだ受け入れてもらえてないんだよ。僕がこう……ふがいないからね。だからいまは婚約者っていうことにしてもらっているんだ」

とカッパたちに伝え、カッパたちは「そりゃ、ハク様、がんばらないと」とハクにエールを送る。

「ハク様は、ふがいなくなんて、ないですよ」

琴音は勢いこんでハクに伝える。

「うん？」

「さっき……私の望みをひとつ叶えてもらいましたよ。だからもう十分ちゃんと力のある神様なんじゃないかなって。ありがとうございます。私、知らなかったお母さんの姿を知りました。幻影？　過去？　わかんないけど……」

「ああ、僕もちゃんと力が使えたんだね。よかった。過去っていうか、あれは、あかなめのなかの記憶を琴音ちゃんが再体験しているんだよ」

――そういうものなのか。

どっちにしろ、とにかくすごい力だ。

「だけどさっきので、もう蓄《たくわ》えた力を使い果たしちゃったから、いまはまたなにもできないよ」

ハクがにこにこと笑って言い切った。

「えええええっ。それ絶対に駄目じゃないですかっ」

「駄目かなあ。駄目だった？」

頬に指をあて困った顔になって問い返すハクのふわふわした佇《たたず》まいに、琴音は頭を抱えたくなった。

――なるほど。こういうところが……。

クズが親鳥みたいにハクに肉を食べさせたり、心配して尽くしたりしてしまう理由がわかってきた。

「駄目じゃないけど、今度はもうちょっと力の使いどころを考えてくれると……」

「だけど僕はきみの役に立ちたかったんだ。大事な人のためにふるえない力なら、そんなの持っていたところで仕方ないもの」

綺麗な顔でさらっとそういうことを言う。

しかも――。

「琴音ちゃん、僕のこと少しは好きになってくれたかな？　花嫁になってくれる？」

なんて、あざとい感じに微笑んで顔を覗き込んでくる。

頬がぶわっと熱くなった。

思わずうつむいたら、カッパたちが「なんですかなんですか」「いきなり照れて赤くなるなんて、いったいどういうことですか」と騒ぎ立てた。

「いや、だけど私は壁嫁だと思うんですよ。立場的にいつも、壁ですから」

上気した頬を両手で押さえ「冷静になれ」と自分に突っ込む。

「……かべよめ？」

ハクもオサキと同じ感じにきょとんとして首を傾げて聞き返す。

「すみません。いまのは聞かなかったことに。ところで、カッパさんたち!!　泉質調査の結果はどうだったんですか」

話題の矛先を変えることにした。

尋ねながら、琴音は、カッパはそういえばお酒も飲んでいた気がするがと、大型冷蔵庫の奥にあった日本酒の瓶を運ぶ。カッパたちの目がきらきらと輝いて、揉み手をしたりしだしたので——きっと好物なのだろう。

「ひとつき前からこちらの温泉の湯量が減りだしているというけど定山渓も小金湯《こがねゆ》も枯れそうな気配はまったくないし、場所は近いけど、温泉の湯もとはまったく違うってことでしょう」

メガネをかけたカッパがきりっとして報告書を読み上げる。

「ですが我々カッパは温泉が大好きなだけで温泉を掘ったことなどないので調べてみても枯れた理由はわからない」

「わからないけど頼まれたので調べてみたが、わかりませんでした」

きりっとしたまま実に無責任な報告をする。

琴音は呆れてしまったが、ハクはにこにこふんわりと「そうか。わからなかったか」と受け入れていた。

という一方で――。

隣のテーブルではひとつの鍋を囲んだクズとオサキが口喧嘩をはじめた。

「あれは掃除のついでだ」

クズがむすっとしてオサキに怒鳴る。

「ご存じないようですのでお教えしましょう。掃除は穴を開けることではないし破壊活動でもないのです」

オサキが修繕しようとした廊下の穴は、オサキの手におえるものではなかったようである。そりゃあそうだと琴音も思う。あれはもう穴というより地下工事的なにかだった。

「地下にもうひとつ階層ができたのだ。喜べばいい。あそこにも風呂を作ろう」

「源泉が枯れかけているのではと調査中にさらに地下に新たな風呂をって、正気ですか？　いいですか。あの穴は、もうあれは洞窟です。『おーい』って試しに叫んでみたら『いぁあああああぃぃぃ』ってヤマビコが返ってきましたよ」

「ヤマビコがいるのは山で、穴のなかでも地底でもないと思うよ」

ハクがそちらの卓の会話にも参加し、冷静かつ穏和な突っ込みを入れているが、興奮したオサキは「問題はそこじゃないんですよ、ハク様」とぎりっと睨《にら》みつけハクの口を閉じさせた。

「わたくしは、クズ野郎を怒りたいのです。いま、こいつを怒鳴りつけないと苛々のあまりハク様にいただいた神使《しんし》の衣を脱ぎ捨てて、かつてうつしよを彷徨《さまよ》って暴れまわっていた妖狐に戻ってしまいそうなのですっ」

「妖狐に戻るのは勝手だが、俺には、様をつけろ」

クズが言う。

「クズ野郎様がすべて悪いので謝ってくださいっ」

——そこに様づけ!?

しかしクズはそれでいいらしい。

「うむ」

と言った。

「うむ、じゃないのですっ」

オサキの尻尾がぼわっと膨《ふく》らんだ。蛇みたいにうねっている。

あかなめは箸と取り皿を手にしたまま固まってしまっている。

——クズ様が怒るだけでも怖いのに、そこのオサキさんまで喧嘩腰だとねえ。

カッパたちも無言になった。

屋外でドカンッと激しい音がする。あれは雷の音だ。すぐあとにザアザアと雨が屋根や窓を叩きはじめる。クズが怒ると天気が荒れる。

せっかくの美味しい鍋なのにみんながしーんとしてもくもくと箸を動かしはじめた。いたたまれない。

「……もういっそ洞窟風呂を作ったらどうでしょう」

琴音が言う。

「そうだねえ。光が苦手な妖怪たちが贔屓《ひいき》にしてくれるかもしれないよ」

ハクが微笑む。

「どうせその妖怪たちは弱くてお金を持っていないのでしょう。そんな連中ばかりがうちに……」

オサキが天を仰ぎ、

「だってうちは弱いあやかし専門のお宿なんだもの。うちの結界は僕より強いものとクズより邪悪なものは通れないようになっている。あの鳥居をくぐり抜けられるのは僕以下の力のものか、クズ以下の悪意のものだけ」

「……ハク。いくらおまえであっても」

クズの言葉にハクはすぐに察して「クズ様だったね。ごめんね」と清らかな笑顔で謝罪した。

ハクですら〝様〟をつけないとならないようだ。

「……そうなんですか。ハク様以下の力はさておき、クズ様以下の悪意？」

琴音の質問にクズがうなずく。

「そういうことだ。ここでは俺の悪意こそが悪というものの基準なのだ。おまえも俺を越えるほど悪い奴になったらここにやって来られないのだから気をつけるようにな」

「その悪の基準、高いですね。いや、低いのかな」

――クズ様、けっこういい奴だからなあ。

困惑した琴音の隣であかなめがふるふると震えていた。


その日の見送りはハクにもクズにも遠慮をしてもらい、あかなめと狸とにお願いすることにした。

とこよの季節もうつしよと同じで、夜道を渡るのはさやさやと寒い秋風だ。

「あーちゃん。これ」

「ん？」

琴音は着替えて脱いだジャージの上着をあかなめの身体にそっと羽織らせる。腕をまくって折って調整し、前をあわせてファスナーを上げた。

「風邪をひきそうで見てて寒いから、これを着て。明日もうちょっとマシなもの持ってくるから」

しゃがみ込んで笑って言ったら、あかなめの目が大きく見開かれた。それから唇を横に引き延ばしたように噛みしめて「んん」と小さな声を出した。

「……琴音ちゃん、傾聴屋さんみたいだ」

「みたいだって？　なにが？」

「傾聴屋さんも寒そうだからって毛布をね、こんなふうに前のところをぎゅっとあわせて羽織らせてくれて——ここんとこがあったかくなって、そしたらすごく嬉しくなって」

胸元をそっと押さえて言う。

琴音の母に出会うまで、寂しいという気持ちを知らなくて、それはただ胸元が寒いだけなのだと勘違いしていたのだろう小さな妖怪が愛おしい。

「あーちゃん、人間に優しくしてもらったの傾聴屋さんがはじめてで——琴音ちゃんが二回目で」

くすんと小さく鼻を啜《すす》って、うつむいた。

「怖がられたり、嫌がられたり、退治されかけたりで、人間ってそういうものだと……ずっと……」

「そっか。あーちゃん怖くないのにねえ」

「あーちゃん嫌がられないものに、なりたかったのかも……がんばってももう、あかなめに生まれてしまったから、違うものにはなれないけど、だけど」

「うん」

なにか言いたい気がしたけれど、特になにも思いつかなかった。だから琴音はうなずいて、あかなめの手を握って「うん。そうだねえ」ともう一度それだけを言った。

琴音の背中に狸がよじよじ登る。

そうやってうつしよ側の鳥居までゆっくり歩いた。

「ところで、洞窟風呂は実現すると思う？」

「ん……あってもいいと思う」

「温泉が枯れかけている原因を突き止めて、解決して、地下二階にも汲み上げられるといいね」

「ん」

狸はいつでも歌をうたいだすので、つられて琴音もなにかしら口ずさむ。

陽気で、その場限りみたいな、ちゃらんぽらんな歌声が夜空を流れていく。

別れ際、あかなめはものすごく真面目《まじめ》な顔で琴音を見上げた。

「あのね、琴音ちゃんの歌を聞くと、あーちゃんなんだかお腹がすくよ」

「お腹がすくのか」

それは本当に空腹なのか――それともまた別な感情のことなのか。

「またお茶を淹れてくれる？　湯豆腐も飴も美味しかったの」

「もちろん」

琴音は狸を背中から降ろして、

「また明日」

と、あかなめの手をぎゅっと強く握ってから、離した。

狸とあかなめは琴音が鳥居をくぐるまで大きく何度も手を振り続けてくれた。

幕間

ハクの過ごす和室は『たつ屋旅館』の一階の奥を直角に曲がった、その先の一室だ。

透かし彫りの飾り欄間《らんま》は珠《たま》を摑《つか》む龍。

敷いた布団の上で上半身を起こし、ぬるくつけた燗酒《かんざけ》を飲むハクが、欄間の龍を見上げてぼやく。

「あんまり自分の本体について考えたことがなかったんだけど、もしかしてわりと怖そうな見た目なのかな、龍って。こういう本体でも琴音《ことね》ちゃんは僕のこと怖くないって言ってくれたけど好きにはなってくれないかも？」

その傍《かたわ》らにはクズがあぐらをかいて座っている。

ふたりのあいだに徳利《とっくり》と杯《さかずき》の載ったお盆が置いてある。

「威厳があっていいじゃないか。俺はおまえの本体も素晴らしいと思うぞ。大丈夫だ。おまえに惚れないものなど、うつしよにも、とこよにもいるはずがない。もしもそんなことを言う奴がいるなら、俺が叩きのめして、なきものにするから安心しろ」

「もうそれって不安しかないよ……」

「おまえはときどきいろんなことを怖がったり気に病《や》んだりするな。だからそんなふうに寝込むのだ。さあ、もう一杯、飲め。おまえも酒は好きだろうさ。龍神なのだから」

クズは酒のせいもあってひどく機嫌がいい。

「うん。好きだよ」

「俺もな、酒は好物だ。美味《おい》しいな。美味しい酒だ」

「うん」

「——こうやって、床《とこ》についてはいてもおまえが酒を飲めるようになるまで回復したのが本当に嬉しくて嬉しくて……やっぱり俺はさすがだ。弱った龍神は人の花嫁を娶《めと》るべきだと言い張った俺をおまえはもっと褒めるがいいさ」

「琴音ちゃんは婚約者で、まだお嫁さんじゃないけどね」

燗酒がハクの頰《ほお》をほんのりと朱に染めている。

「婚約者なだけでここまで回復したのだ。花嫁になったらどこまで回復するのか計り知れない。結婚とはいいものだ。もっと結婚を押し進め、どんどん回復するといい」

徳利で酒をついでぐいっと一気に飲み干す。

ハクの杯に日本酒を注ぐクズの目元は酔いのせいでいつもより険《けん》がない。

ハクがクズを疑り深そうに見返し、聞いた。

「うーん……。前々からちょっと疑問だったんだけど、きみは結婚というものがどういうものなのかをちゃんと知っているの？」

「花嫁が来たらそれが結婚だ」

「うん。それで？　その先は？」

「……それで？　花嫁が去ったらそれは離婚だ」

「なるほどなあ。中間がないんだね」

ハクが小さく笑った。

クズはひどく真面目《まじめ》な顔でなにやら考え込んでいる。

「離婚だけはされないようにしなくてはならないな。できれば晩だけではなく朝晩、いや、朝昼晩と一日に三回、この宿に嫁に来てくれるといいのだがなあ」

「薬の服用みたいだね……」

やれやれというように首を左右に振ったハクは「でも」と、つぶやいた。

「でも、たしかに薬みたいに効果があるんだよね。特に、あの歌声が」

「歌声？」

「僕だけじゃなく、狸《たぬき》も琴音ちゃんの歌声がとても好きだよ。オサキだって本来は気むずかしくて僕以外のものには優しくなんてしない質《たち》なのに、琴音ちゃんには普通に接しているよね」

「そりゃあ花嫁だから当然だ」

「まあ、花嫁をいびるようなオサキは困るけど……。きみもだよ？　もとからきみの力は強くていつも元気だけど、ここにきてさらに力を増している。僕だけじゃないんだ」

たぶんだけどね、とハク続ける。

「琴音ちゃんの歌には、たぶん――」

5

翌日、登校した琴音《ことね》を友人たちが遠慮がちに見守っている。

琴音の家に不幸があって、いまは親戚の家にいるということは親しい友人たちはみんな知っている。

それぞれに気遣ってくれていたのだが——突然、タクシーで乗り付けて琴音を攫《さら》っていったクズについてをどう受け止めればいいのかとみんなが困惑しているのは、手に取るように伝わってきた。

昼休み——。

「昨日のクズは、あれはなんていうかいいクズなんで、心配しないでくれていいから」

聞いていいのか悪いのかみたいな感じで、なにかを言いかけては言葉を止めていた真穂《まほ》に、琴音は自分からそう話題を振る。

「いいクズって、なに？　琴音ちゃんなにか困ってたりしないの？　私にできることがあるならやるし、うちの親にも聞いてみるよ。隠さないで言って」

　真穂は真剣だ。

「うーん……悪気のないクズなのよ。根はいい奴なんだろうなっていうか」

「琴音ちゃん、だまされてない？　いまお世話になっているおじさんたちに、あの人の話したの？」

「してない。できない」

「お話ができないような関係ってことなの？　だいたいどういう関係で知り合った人なの？　あの人に働かされているんだよね。なんの仕事？　ちゃんとお金をもらって働いているの？　それとも無理やり？」

「お母さんの知り合いの知り合いくらいの距離感で……働かされているけどそれは楽しいからいいんだよ。仕事は宿の厨房とか掃除とか？　私の知らなかったお母さんの話も聞けたし……お金はもらってないけど経験値が上がったみたいな？」

「宿って、場所はどこなの？　中央区？」

「南区の……ここではないどこか的な？」

下手なことを言ったら調べに来そうだったのでそこは濁《にご》した。

説明すればするだけすれ違い、さすがに自分でも頭を抱えたくなる。

真穂は最終的に涙目になってしまった。

「うちのお父さん、そういう方面の知り合いもいるみたいだから——困ったことがあったら相談にのれると思う。今度、お休みの日に、うちに来て」

「へ？　そういう方面って？　宿泊業？」

「不動産関係や建築にも関わっていたり……だから官公庁とも取り引きするけど、もっと怖い人たちとも昔はつきあいがあったんだよって……。うちのお父さんお酒を飲むと自慢する人でね。たまに言うの。『わからなくて知りたいことって、いまはだいたい検索が教えてくれるって若いやつらは言うけどね、そういうのとは別の人脈というのが俺にはあるんだよ』って。怖い人やえらい人にはそういうのが効くんだって。あの……こういうこと言うと、琴音ちゃんは引いちゃうかもしれないけど」

おずおずと真穂が琴音の顔色を窺《うかが》った。

怖い人かあと琴音はぼんやりとつぶやく。

「神様関係も教えてくれたりするのかな？」

いまひとつ神社とか寺とかよくわからないし、妖怪はまだしも龍の神様ってなんだっけと検索してみても漫画的な知識しか得られない。力を取り戻すために必要な栄養とか捧《ささ》げ物《もの》ってなにが一番有効なのだろう。

と——真穂が目を見開いた。

「宗教団体にだまされてるの!?」

悲鳴みたいな声に、ものすごく誤解されていると琴音は慌《あわ》てる。

「違う違う違うっ。だまされてない。大丈夫だから私のこと信じて。危ないことも後ろめたいこともなにひとつしてない。だいいちお母さんの知り合いに悪い人はいないから」

自慢の母なのだ。

別に完璧な人ではなかった。勘違いをして琴音を叱りつけることだって多々あった。親子喧嘩だって普通にした。でもそんな、当たり前に不完全な部分も含めて、尊敬できる親だった。

——失ってしまったいまになって、余計にそう思っている。

「そうだろうけど」

真穂が疑り深そうにして、うなずく。

「あとね――やりがいみたいなものをちょっと感じはじめてる。私ここのところずっとおかしかったでしょう？　その……お母さんがさ、死んでから」

思いきって言葉にする。真穂がハッと息を呑んだ。

「すごく頼りない感じで過ごしてた。実感がなくて、ぼんやりとして、これが現実なのか違うのかもわかんないような気持ちで。そういうのが、いまいってる仕事先のお手伝いをすることで、ちゃんと整頓されていってるっていうかさ」

「うん……」

「私、お葬式のときも泣けなくて、もうずっと泣けなくて――だけどやっと涙が出たんだ」

言葉にしたら、実感できた。

――そっか。私、泣けたんだなあ。

「そうなんだ」

真穂は琴音の話を、いいとも悪いとも言わずにただ聞いてくれている。

――これも傾聴だ。

真穂は、大切な友だちだ。琴音がどんなふうに寂しさや痛みを乗り越えていくかを側《そば》で黙って見守ってくれていた。無理にせかしたりせず、ただ寄り添ってくれた。現実から遠ざかっていた自分を見捨てず、無理に力まかせに引っ張ろうともせずに。

——この世界に仮縫いされていた私を、つなぎとめていたもののひとつは真穂ちゃんなんだろうな。

ハクとのあいだにつながった赤い糸みたいに目には見えていなくても、琴音は真穂とちゃんとつながっていた。

いまも、こうして、つながっている。

普段はほわほわしているのに、琴音が困っているのではと思うと、真剣に琴音に向き合い、切り込むみたいな会話をしてくれる大事な友だち。

「私ね、お母さんのお葬式のときに遠い親戚のおばさんたちにはじめて会って。お母さん、私がいるから、親戚との縁を切ったんだって」

「切ったって？」

母の葬儀のときに、まわりの人たちが語る話からまばらに拾って知った。

「私、自分のお父さんが誰かは知らない。でも私だけじゃなく、親戚の人たちも私の父親が誰か知らなかったんだ。お母さん、私の父親については何を聞かれても絶対に言わなくて、そのせいで、身持ちの悪い女性みたいに陰口叩かれて、最終的に、親戚みんなと連絡とらなくなったんだって」

つまり、あの子はさあ、誰にも言えないくらい素性の悪い男の子どもなんだろうね、親族みんなと絶縁しないとならないくらいのと、葬儀中、どこかから陰口が聞こえてきた。

それをたしなめてくれたのが、琴音を引き取ってくれたおじさんとおばさんだった。

——憶測できとうなこと、言うもんじゃない。それに、子どもに聞かせていい話じゃないだろうって、怒った顔をして。

そのあと、琴音をその部屋から連れ出して「ごめんね」としおしおと謝罪してくれた。

「お母さんはお父さんのことを『すごく素敵な人だった』って、私に教えてくれてた。だけどお母さんはそれをとても悲しそうな顔をして言うんだよね。子ども心に、お母さんがつらそうなのは伝わってきて、それでそのうち父親がどんな人だったかとか、写真ないのかとか、聞いたり、探したりするのもいつのまにかやめちゃって」

でも母は薬指に父からもらったものだったのだろう金のシンプルな指輪を大事にはめていた。そして母はよく無意識にその指輪を撫《な》でていた。なにかを思いだすように。指輪をくるくると回しながら懐かしむような笑みを浮かべた母は、狭い部屋の台所の椅子で、毛玉つきのセーターを着ていても、琴音の目には絵本のなかのお姫さまみたいに見えた。夢見がちな目で、儚《はかな》げで優しい笑みを口の端にのせて、ここではないどこかを見つめていたあの甘い横顔。

そのときだけ、母は、母ではなく――琴音の知らない年上の綺麗な誰かだった。

――私がいなければ、お母さんは、ずっとふわふわとかわいらしい綺麗なお姫さまみたいでいられたのかな。もしかしたら私ができたから、お父さんどこかにいっちゃったとか、そういうのだったり?

「お母さん、つらいこともたくさんあったんだろうなって思うんだよね。私のせいで我慢したこともたくさんあったのかなあとか、そういうことをお母さんがいなくなってからたまに考える」

たまに――じゃなく、本当は頻繁に考えてしまっている。

――かわいそうな人生だったんだろうか。

琴音がいるせいで。

母が生きているときはそんなこと考えもしなかったのに。

「私がいてよかったのかななんて、考えてた。でも、いま、お手伝いさせてもらってる温泉宿の人と話をすると、うちのお母さん、私のことをいてよかったって言ってくれてたんだろうなって信じられるようになったんだ」

「そうなの？」

「うん」

あかなめに『かわいい娘がいるんだよ』と話していた母の声を思い返す。

優しい声だった。

ハクも朧《おぼろ》くるまも、琴音の存在を知っていた。

そして琴音を呼び寄せようとしてくれた。

母が妖怪たちに琴音のことをいいものとして話してくれていたから、みんなは琴音に優しいのだと思う。

「琴音ちゃん、告別式もそのあとも私たちには涙を見せなかったから我慢してるんだなって思ってた。しっかりしてて強くて、それがものすごく心配だったよ。でも、そう……そんなこと考えてたんだね」

真穂が言う。

「あのね、琴音ちゃんのお母さん、琴音ちゃんと似てるんじゃない？　親子だしさ。だから、琴音ちゃんがいてよかったたって言うに決まってるよ。琴音ちゃんと同じように、困ったことがあっても他人にはなんにも言わないでひとりで努力して、やり遂《と》げる人だったんだろうなって思うし」

琴音はくすっと小さく笑った。

「私、そんな人格者じゃないよー？」

「もちろん駄目なとこもあるよ。でも琴音ちゃんのいいところは、誰かに『あなたがいてくれて、よかった』って素直に言ってくれるところだし、大変な目に遭《あ》っても他人のせいにしないで自分でがんばるところだよ。きっと、お母さんも琴音ちゃんに似てて、絶対に『娘がいてくれて、よかった。あなたのおかげで、がんばれる』みたいに思ってたし、言うってば」

妙に自信満々で太鼓判を押すから、また笑ってしまう。

「真穂ちゃん、ちょっとおかしいよ。お母さんが私に似てるんじゃなくてさ、私がお母さんに似てるっていう言い方にならない？　普通はさ」

「あ、そうか。でもだいたいあってるから、いいよね」

「いいけど」

琴音を元気づけてくれている趣旨は伝わるから、いいけど。

笑う琴音を見て、真穂もまた小さく笑った。

「そうやって、笑ってくれるとちょっとだけほっとする」

「うん」

「それで、あのね、もうちょっと私のことも頼って欲しい」

「うん。困ったら頼る」

「本当に？」

疑り深げに聞かれ「本当に」と力強くうなずく。

「ていうかさ、いま困ってるのは温泉が枯れるのってどういうときで、どうやったらもとに戻せるのかなんだよね」

ウエットになった空気がどこか気恥ずかしいような変な感じで、琴音は、えいやっと会話を別方向に投げた。

「温泉？」

きょとんとする真穂の前で琴音はスマホを取りだした。

「真穂ちゃんのお父さんの話、一理ある。言われてみれば、いまはだいたい検索が教えてくれるよね。温泉については調べようとしてなかったけど……」

龍神や妖怪については調べたのに温泉については調べていなかった。

真穂の言葉がヒントになった。『温泉　枯れる　もとに戻すには』などとワードを入れての検索をはじめる。

ずらずらと検索結果がヒットする。

「温泉を汲み上げるパイプの目詰まりに、そもそもの源泉の枯渇。地殻変動によって温泉が枯れることもあるがそういうときは再度、掘削している土地もある。なるほど……。検索って偉大だなあ」

原因や対策がネットにはたくさん掲載されていることに驚いた。温泉を掘ろうとしたこともなければ、維持しようとしたこともないから、こんなことまでネットに落ちているのは知らなかった。

熱心に読みだす琴音を真穂は黙って見守ってくれた。

学校が終わって、今日はクズではなく朧くるまだけがタクシーで迎えに来てくれた。校門を出たタイミングで実にさりげなくすーっと近づいてドアが開いたので、それまで一緒に並んで歩いていた真穂に「ごめん。今日も」と小声で告げ、さっと乗り込む。

そして辿りついた『たつ屋旅館』――事務室に向かう暇もなく、ハクがふわふわと迎えに出て琴音を地下階へと引っ張っていく。

「ちょうどいいところに来たよ。琴音ちゃん。地震が起きて、穴が前よりもっと広がったんだよ」

「はい？　うつしよでは地震なかったけど」

「とこよでは、あったんだよ。むしろここのところは、とこよのほうがずっと揺れてる。それで、みんなで穴見をしているところなんだ」

「穴見？　花見みたいなものですか？」

「そんなところ。実に立派な穴なんだ」

なんだそれはとついていけば、カッパたちも集合し、どやどやと穴のこちら側の縁に座り弁当を広げて宴会中の様子である。オサキだけはげんなりとした風情で腕組みをして立っている。

「ほら、すごいよね」

自慢げにハクが言う。琴音は仕方なく、穴を見下ろす。

穴はさらに巨大化していた。

廊下の端から端までがぱきりと割れている。

穴というより、行き止まりの、地の果てみたいだ。昔の人たちはこの世には果てがあって海はその果てで終わっていて、そこから先は巨大な滝になって水がごうごうと落ちているのだと想像していたらしいが――そんな感じの最果ての穴だ。

底が見えない漆黒の闇に、琴音の膝の裏側からうなじあたりまでざわざわと変な感覚がこみ上げた。

どうしたって本能的に、怖い。

「ふさぐにしてもその前に楽しもうかと思ってね」

「いやいや、楽しむようなことじゃないでしょう？」

「さようでございます」

オサキが言った。オサキの理性だけは他の妖怪たちより信用できる。

琴音は必然として、オサキに向かって話しだす。

「オサキさんがスマホやPCを使ってるの見たことないですけど、使ってますか？」

「いいえ。わたくしはそういうのは不得手ですし、使う機会もございませんので手をだしておりません。使いこなせもしないのにやたらに電化製品を揃えるクズ野郎様とは違いますので」

　様がついているのでクズは文句を言わなかった。

「そうなんですね。地震が頻繁に起きるようになったのって、ひとつき前くらいからっておっしゃってましたよね」

「はい」

　ひとつき前というワードは地震以外にも何度か聞いた。

「それに、温泉が枯れたのもひとつき前からって言ってませんでしたっけ？」

「はい。さようでございます」

「今日、私、スマホで検索したんです。温泉の枯渇に地震での源泉のずれが関係しているかもしれないという記事がネットに落ちていました。それか、あーちゃんが浴室で『しょっぱい』って言っていたから、たぶんここの温泉って塩泉ですよね」

　ネット検索の付け焼き刃情報だが、太古に海水が地下に閉じ込められてできた強塩温泉の場合、その源泉を使い尽くすと温泉が枯れてしまうことがあるらしい。よそからの補充がないからだ。

「源泉がずれたか、使い尽くしたか。ただ温泉がそのあたりにあることだけは確実なんだから、そういうときはもう一度掘り直したら別な源泉にいきつくかもしれないらしいです。ここの近辺、いろんな温泉がありますし」

「なるほど」

　オサキが真顔でうなずいた。

「あとは物理的に、汲み上げているパイプの目詰まりなどの問題で浴槽を満たす分量が届かないこともあるのだとか。それで今日、私は考えながらこちらに来たんですよ。この穴、調べてみてもいいんじゃないかなって。だって、この穴ができたのと、温泉が枯れたのは、ちょうど同じ時期なんでしょう？」

「え？　そうですね。言われてみれば」

「だったらもしかしたら穴のせいで、その付近を走らせているパイプが水漏れしているとか、そういう原因だったりするかもしれないんじゃないかなーって思ったんですが——ただ、そのあたりはもうカッパたちに調べてもらったんですよね。だとしたら関係ないのかな」

「え」

カッパたちの動きが止まった。

——調べていなかったらしい。

「……そうか。調べてなかったんですね。えーっと、穴は深いようですが、昨日、ペンを落としたときに底からなんにも聞こえなかったんで……この穴の底はたぶん地面だと思うんです」

水がたまっていたら、ものを落としたときに水音が響くと思うのだ。

そう言ったら、穴見をくり広げていたカッパたちが立ち上がりパタパタと一斉に逃げだした。

あっというまに廊下の端まで駆けていき、曲がり角のあちら側から顔だけびくびくと覗《のぞ》かせて、

「カッパは相撲《すもう》しか好きじゃないし基本はでくの坊なんですよ」

「カッパは温泉が大好きなだけでなにもできないんですよ」

「カッパは尻こだまを抜きますが尻こだま以外は抜けないんですよ」

「カッパたちは穴を調べたりはできないんですよ」

とカッパならではの主張を大声で訴える。

「……なんか、わからないけど、わかりました。別にカッパたちにここを探れとは言ってないですからね？　水もたまってないようですし」

カッパとは役に立ちそうで役に立たない連中のようである。

「でもここにはパイプは通していませんよ。配管をしたのはわたくしなのです」

オサキが断言する。

「じゃあこの穴は、ただの穴っていうだけなのかな。とはいっても——調べたほうが安心じゃないですか？」

「地震と穴とは、偶然、時期がかぶっただけに違いあるまい。琴音もハクやオサキと同じように細かすぎる質《たち》のようだな。そんなことまで気に留めて」

クズが笑い飛ばす。

しかしなにに触発されたのか、ハクが突然やる気を見せて、きりっと告げた。

「いや、偶然が三つもかぶれば必然だ。気になってしまったならば仕方ない。ここは僕がこの穴を調べにいくしかないようだね」

　琴音はハクを片手で制する。

「却下です」

「当然だ。その判断は正しいぞ、琴音。ハクのことだ。穴に飛び込む手前で転んで足首を捻挫《ねんざ》するに違いない」

　クズが大きくうなずいた。

「きみたちは僕のことをいったいなんだと思っているんだい……」

「骨折まではいかないくらいには元気になったと認めているぞ。琴音が来たこの少しの間におまえはぐんぐん顔色がよくなって転倒回数も一気に減った。なあ、オサキ？」

「さようでございますね。以前でしたら平均して十分に一度は転倒されておられましたのが一時間に一度くらいになりました。ハク様、ご立派になられて……。オサキも嬉しゅうございます」

　袂《たもと》で目元を拭《ぬぐ》うオサキにハクが困った笑顔になる。

「僕ってそんなに転んでたんだ……」

呆然としているハクを見て、琴音は覚悟を決め、告げる。

「私が調べてきましょう」

だって、子どもにしか見えない小豆《あずき》洗いや豆腐小僧やあかなめに危ないことはさせられないし、狸は論外だ。オサキになにかあったらその後ここを切り盛りするものがいなそうだし、カッパたちには断られてしまった。

だったら琴音がいくのが一番だ。

消去法で、そう結論づけた琴音である。

「そんなのは駄目だよ。僕の婚約者になにかあったらどうするの」

珍しく険しい顔をしたハクに琴音は笑い返した。

「もしなにかがあったら、そのときこそ助けてください」

「助けるけどさ。それはもう」

琴音は足首に回された赤い糸を指で指し示す。

「これ、命綱にもなるんじゃないのかなって。なりますよね？　ちゃんとこの糸を見張ってて、危なそうってなったら、クズ様が私を引っ張ってくれればいいんじゃないかって思うんですよ」

そうすると、クズが「なるほど。そういう使い道もあるか」と目を見張った。

「クズ様がこちら側で持って見張ってくれたら、私の動きが伝わるのでしょう？　万が一にでも不審な動きが伝わったときは――ちゃんと助けてくださいね」

笑って言うと、ハクがぶんぶんと首を横に振り「駄目駄目駄目。ひとりでいっちゃ駄目」と訴え、クズはというと「俺はこれで誰かを助けるのは得意なほうだ」とぶんっと大きく首を縦に振って琴音の手を掴む。

――え？

「飛び降りるのが怖いときは遠くを見ろ。足もとを見ると人の身体《からだ》というのは勝手にすくむ。でも視線を上げて斜め上あたりを見れば意外と平気なものらしいぞ」

「アドバイスありが……うわっ」

クズは琴音の手を引っ張って、そのまま穴へと飛び込んだ。

琴音は――勇気を振り絞る必要もなかった。

琴音が見たのは斜め上あたり――手をつないで、先に穴へと飛び降りたクズの背中だ。

ひゅーっと耳の横を風が切る。

そして――バランスを失ってじたばたした琴音の背中に、クズとは別の誰かのあたたかい体温が覆《おお》い被《かぶ》さった。

慌てて後ろに首をひねって見ると――。

「ハク様っ」

綺麗な顔がすぐ間近だ。

「ハクっ、おまえどうしてっ」

叫ぶクズにハクが「どうしてもこうしても」と微笑《ほほえ》んでいた。

そんなふうに琴音はクズと手をつなぎ、ハクに後ろから抱きすくめられ――ふたりの神様に挟まって、穴を落ちていく。

落下は一瞬で――足の下になにもない時間はたぶん数秒。

着地の衝撃は思いのほか軽く、落下というより飛翔に似ていた。

おそらく衝撃のほとんどを先に着地したクズが吸収し、待ちかまえるようにして琴音とハクを受け止める。

背後から抱きしめてくれていたハクは琴音の身体をホールドし、ふたりしてクズに抱きかかえられ、地面の数ミリのところで浮きあがって停止して――それからふわりと地面に降ろされた。

足もとに当たる地面は柔らかく、ばくばくいう心臓の音だけが自分の内側で大きくなった。

「なんで……クズ様とハク様が一緒にっ」

——穴に飛び込んだ？

「琴音が穴の縁から下を覗いて震えていたからだ。勇気を振り絞るのは大変だろうと思ったのだ。だから手伝った。それに、琴音を突き落とすか引っ張るかの二択なら、引っ張ったほうがよかろうよ」

ふてくされた顔でクズが言い、ハクは真顔で「突き落としていたら僕はさすがに怒ったよ」と告げた。

「突き落とさずに引っ張っても、おまえは怒っているじゃないか。目がいつになくつり上がっているぞ」

「怒りもするよ。ふたりとも、僕がふがいないせいでとんでもないことを平気でしようとするんだから」

琴音は呆然として、ハクとクズというツインタワーに挟まれたような状態で、言い争うふたりの顔を交互に眺《なが》めそして頭上を見上げた。

——私を挟んで争わないで……って。

相変わらず琴音はふたりのあいだの壁である。

あたりは暗く、見上げた先の遠くに手のひらくらいの小さな光の断面が見えた。琴音たちが落下した大きな穴が、そこまで小さく見えるくらいの深さがあったということだ。

クズとハクが一緒じゃなければ間違いなく琴音は大怪我だ。

あるいは場合によっては命を落としたかもしれない。

「俺はとんでもないことなどしてないぞ。むしろ俺は琴音を手伝おうとしたのだから褒められるべきじゃないか。だいいち俺ひとりがいればそれですむはずのことを、どうしておまえまで共に穴に落ちてきた」

「どうしてもこうしてもないよっ。親友が、自分の目の前で婚約者の手を引っ張って攫っていくのをなにもしないでいられるほど僕はふぬけじゃないよ」

背後から琴音を抱擁するハクはまだ腕を解《ほど》こうとしない。

クズはクズで琴音の手を離そうとしない。

──うわあ、なんだこのシチュエーション？

「……親友？　そうか。俺は親友か。ふ、ふふふ。まあ俺はハクの唯一の親友だからな。はははは」

クズが、でろんと相好を崩す。

──そういうところが、クズ様はっ。

「そうだよ。きみは嵐を呼ぶ親友なのさ。心配性なのにおおざっぱで、親切だけど力が強くて、うっかりものすごいことを引き起こす。ところで、きみ、僕の婚約者からそろそろ手を離してくれないかな」

ぷうっとむくれた顔でハクが言い、

「お、おぅ。ハク、琴音、ふたりともに怪我はないな？」

クズは手を離し、確認をする。

──体温を感じる距離感で、顔のいい男性ふたりがいちゃいちゃと喧嘩しているところを眺めているっていうのは、ある種、ご褒美なのかもしれないわね。

「ないよ。ありがとう。僕、けっこう力が盛り返しているみたいなんだ。琴音ちゃんのおかげかな……」

「それはよかった。琴音はどうだ？」

「……ないです。ありがとうございます。助かりました。ふたりとも。ところでハク様も離れてください」

背中にもたれかかる重みは、ふたりきりならときめいたりもしそうだ。が、今回もハクとクズがワンセットになっているせいで「お邪魔してます。すみません」みたいな気持ちにしかなれなかった。

「えー、どうしようかなあ。ちょっと疲れちゃったみたいだなあ。おぶってくれる？狸みたいに」

後ろから抱きしめて耳元でそういうことを言われると、さすがに、しなだれかかってくる体温を感じた箇所がじわじわと火照《ほて》ってきたりもするけれど。

「なんだと。疲れたならば仕方ない。俺がおぶってやろう。ハクこっちにこい」

クズが険悪な表情になりそう申し出た。心配しているのが伝わってくるが、おかしいだろうその反応。でもそれこそがクズである。

ハクは小さく噴いて琴音の身体から手を離す。

「きみにおぶってもらいたいわけじゃないし、そもそも誰かに本当におぶってもらいたいわけじゃないんだよ」

「そうか。具合が悪くはないんだな。ならばいいが」

クズは真顔だ。

「よくはないけど……」

ハクが苦笑している。

「よくないのか⁉」

「悪くもないから気にしなくていいよ」

――またこれ、バカップルだ。

ふたりのことは無視することにして、琴音はスマホを取りだして照明がわりに周囲を照らした。

穴の底のひとすみに、さらにまた横に掘られたような穴がある。足もとを照らす。

土の上にぬるぬるとした粘着質な筋《すじ》が光に照らされ白く光った。

つま先になにか硬いものが当たる。

拾い上げると石の欠片《かけら》だ。砕いたみたいな尖《とが》った形で、よく見てみるとあちこちにそんな欠片が散らばっている。

「石……ですね」

つぶやくとハクが「石のようだね。これは嫌な予感がするよ」と小声で言った。

「俺も嫌な予感がしてきたぞ」

クズが応じる。

「嫌な予感ってなんですか……？」

聞きながら、琴音はあたりを注意深く観察した。

「オサキさんがおっしゃっていた通りに、このあたりにパイプが走ってたりするわけじゃないんですね」

パイプのかわりに、別なにかが這っていったかのように泥がえぐれ、横の穴へと続いている。

穴の横壁に触れてみる。指先で土が軟《やわ》らかく崩れ、落ちていく。

「ていうか、これってなにかの足跡みたいじゃないですか？　もしかしてこの先になにかがいるんじゃないかしら？」

琴音はまっすぐに横穴の奥へと進もうとした。

「おいっ。俺の前に立って歩くなっ。俺が先に」

「どっちが先だっていいじゃないですか。というかこういうときって身分の低いほうが先に立つものでは？　よく知らないけど」

「む。まあだいたいの高位のものは先触《さきぶ》れの僕《しもべ》を走らせて、その後に御輿《みこし》などに担がれて動くものだが」

「じゃあクズ様が後ろでいいじゃないですか」

そう言ってちらっと振り返ると、クズが「むう」と唸《うな》った。

――やっぱりクズ様、ある意味、ちょろい？

「おまえとハクはちょっと似ている」

クズが眉間《みけん》にしわを刻んでそう続ける。

「え？　どこがですか？」

「そうだねえ。琴音ちゃんと僕は似てないと思うんだけど」

ハクと顔を見合わせた琴音を、クズが追い越す。

「俺をハラハラさせるところがそっくりだ!!　おまえはなんの力も持たない人の子だ。自分の力を過信するなというのだ。怪我をしたらどうするのだ。馬鹿なのか。そうだ馬鹿なんだ。琴音もハクも馬鹿者たちだとも」

馬鹿だと連呼するが、その内容は琴音とハクの心配だ。

「いいか、俺はえらいからこそ、いまはおまえに先触れなどまかせず、先頭をいくことにするぞ。一番先は強いものが歩くべきだ。ハクは琴音の後ろにつくといい」

クズが言い放った、その刹那。

どおおおんと大きな音がして地面が揺れた。

視界が前後に揺すぶられ、穴の内側の土がぱらぱらと剝《は》がれて落ちてくる。

足もとの地面がふつふつふつと泡立つ。

水が底から湧き出てきたのだ。

ぶくり、ぶくりと泥の泡が膨《ふく》らんで、弾《はじ》ける。

あっというまに土は泥に変じ、表面が波打ち、ちゃぷんと揺れた。

突如、足もとを浸していった泥の海にみんなの足が沈んでいった。足をとられて、琴音は転倒しかけて斜めになった。

「きゃあっ」

「琴音――危ない」

クズは仁王立ちして揺れに耐えて、琴音に手をのばし支えてくれた。

「ハクも俺につかまれ!!」

言ったと同時にクズは琴音と同じに斜め揺らいだハクの手を握り、ぐいっと引き上げる。

ひたひたと湧いた水は妙にぬるくて、硫黄《いおう》の匂いがした。

匂いとぬるさでわかる。足首まで湧き出たそれはおそらく温泉の湯だ。

「さあ、来るぞ」

クズが横穴を見据《みす》え、叫んだ。

そこになにがいるのかをはなから知っていたかのような言い方だった。

——なにが!?

聞こうとする余裕もなく、足の裏側がぐらぐらと揺れだした。近い場所で地震が起きている。すぐ真下が震源かと思わせる大きな音が穴のなかに反響する。

横壁の土がぺろりと捲《めく》れて落ちていく。

そして浅い泥の海になっていた地面の狭間に、泥の泡がふつふつと膨れて弾け——

大きなつるりとした影が浮上した。

巨大な——ぬるついた三角形の頭部。

そしてぎょろりとした、まぶたのない目。

「さ……魚!?」

琴音は驚いてそう叫んだ。

車くらいの大きさの魚の頭部が泥の海から顔を覗かせ、巨大な口をパクパクと開いた。尖った歯は凶悪そうで、開閉する鰓《えら》は先を研《と》がれた凶器みたいだ。

「ああ……そっちのほうか。地震を起こしているのならナマズなのかと思っていたが」

クズが言う。クズはまったく驚いていない。

「そうだね。地震から推測するならだいたいは大ナマズだが、ここは北の地だもの。北海道の地底にはもともと大アメマスが棲《す》んでいる。北の大地を揺らすあやかしは、かつてこの地の神が要石《かなめいし》で封じた大アメマスに決まっているさ」

ハクが言う。ハクもまったく驚いていない。

ふたりともにすでに察知していたかのような達観した口振りである。

――大アメマス? 鱒《ます》ってこと!?

苦しげなうめきが巨大な魚の口から零《こぼ》れ、鰓や口からあぶくが湧いている。のたうって泥へと沈み込み、そしてまた浮上する。

魚は「いぁあああああぃぃぃ」と雄叫びみたいな声を出した。

その声は。

——オサキさんのおーいって声に返ってきたヤマビコが、これ？

胴体にみっしりと揃った鱗《うろこ》が虹色に光り、翻《ひるがえ》る。

くねらせるその動きにあわせ、泥と湯が湧き、地面が震える。

地面は大アメマスの周囲で液体になる。泥と湯とを跳ね散らかしながら大アメマスは土中を泳ぐ。動きにつれて泥が盛り上がり、波になる。

琴音たちのまわりの地面をぐるぐると泳ぐ大アメマスの、腹のあたりはぬるりとした白銀で、真ん中に黒くて丸い染みがある。

ピシャリと跳ねる大きな鱒の動きを見据え、ハクが琴音を背中にかばった。

「泥のなかで微睡《まどろ》み、湖水を支配する主になるほど育った大アメマスが暴れまわるのをふせぐのに、北の地の古《いにしえ》の神は要石を打って封じていた」

その封じられていた主が——これだよと、ハクは言う。

「源泉が枯れかけていたのはこの大アメマスが身動きをしたせいかもしれないね。地盤が揺れて水の流れが変わったのかな。こんなところに新たに温泉が湧き出した」

ふつふつとぬるい湯が泥まみれの足もとから湧いてくるのを見下ろし、ハクが首を傾《かし》げている。

「温泉って魚の妖怪にもいいものなのかな。どうなんだろう。ちょっと、きみ、大アメマスさん、話を聞いてよ。……ってまったく話ができそうにないね。おかしいなあ。大妖怪になるまで育ったのなら会話はできるはずなのだけれど」

ハクは泥のなかを浮いたり沈んだりする巨大な魚に愛想良く語りかける。

片手で琴音をかばいながらなのでどこか危なっかしい動きだ。

目の前でくり広げられている大きな魚とハクのやり取り。足もとに湧いて出る温泉。

すべては琴音の想像を超えていた。

だって魚の大妖怪がいるなんて知らなかった。

それが地震を起こしたり、温泉を枯れさせたり、新たに掘りかえしたりするなんて
――知らなかった。

というより、知りたくなかった!!

いぁあああああぃぃぃぃ。

魚の口が大きく開く。

長くのびるその声は呪文のようでもあり、悲鳴のようでもあり――。

痛い。

そう言っているように、聞こえる。

「ハクっ。話し合ってどうにかしようなどという情けは無用だ。ここは俺にまかせろ。俺はなにしろクズ龍大神なのだからな。力だけは、あるのだ」

クズが冷たく言い捨てる。

「え……？　クズ様？」

――クズ龍大神って……九頭龍《くずりゅう》大神のこと⁉

龍神について調べたから知っている。龍神のなかでも有名で神社が日本のあちこちにあるすごい神様だ。

呆気《あっけ》にとられた琴音であったが、クズとハクの会話は琴音の驚きなど無視し、例によってふたりの世界でぽんぽんと進むのだ。

「駄目だよ。きみは手を出さないで」

ハクが即答する。

「なんでっ」

「だってきみは封じ込めることには向いてないもの。きみの力を借りたらものすごい荒事になってしまうのが目に見えているよ。怒りを鎮《しず》めてもらって、また地底に戻ってもらえばいいだけなのに、きみはきっと勢いあまって消し飛ばしてしまう」

それだけはきっぱりと言い切ってから、ハクは琴音を背中にまわして大アメマスと対峙《たいじ》した。

しかし、駄目だと言われて、それまで手を出さないでいたクズが逆に足をすいっと前に出した。

クズは、ついでのように大アメマスの鰭《ひれ》をピシャリと手で払いのける。

轟音と共に大アメマスは泥のなかに沈み込む。ぶくぶくと小さな泡が立つ。

「消し飛ばしたところでなにが問題なんだ？　こいつは、疎《うと》まれて封印されたうえに放置され、北の主であることをすらも人に忘れ去られたかつての湖水の主のなれの果てだ。忘れられたものたちの力はどんどん削られ、消えていく。封印が解けて動けるようになったとしても、会話ができるような理性はもう持ち合わせちゃいなかろうよ。怒りを鎮めるだなんて、たとえハクであってもできるものか」

クズの語り口にも態度にも余裕があった。いざとなったらどうにかできると踏んでいるのだろう。

「それでも僕は彼を鎮めたい」

「おまえは弱いくせに面倒なことをしたがる」

「弱いからこそ面倒なことをしたいのさ。言いたくはないけれど、忘れ去られたかつての主のなれの果てなら、僕と同じだ。どうして消し飛ばすことなどできるものか。他の誰がそうしてもいいけれど——きみにだけはそんなことはさせたくないよ。だから、手出しは無用だ」

クズが小さく息を呑む。

ハクは、かすかに笑って見せた。

自分を弱いと言っているのに、裏側にはがんとして揺るがない誰よりも強い意志が透けて見える。どう言ったところで聞き入れやしないのだろうと伝わってくるような、心を決めた綺麗な笑顔であった。

「……ったく、困ったものの封印を解いてしまった」

苦い顔をしたクズに、笑顔のままハクが言う。

「封印を解いたのは僕じゃない。僕が見つけて汲み上げた温泉の側《そば》には、大アメマスはいなかったもの。要の石もなかったよ？」

「封印を解いたのは俺だろうさ。俺の力はどうしたって強大すぎるのだ。宿の床に穴を開けただけではなく、もっと深くて遠いところでこいつを封じていた要の石を倒してしまったんだろう。穴の底に、石の欠片が落ちていたのは俺も見た」

大アメマスがまた浮上し、あたりの泥を跳ね散らかした。

「僕も見た。きみは要石を倒したんじゃなくて、壊したんだよ。あの石はこの穴の底に砕け散っていたじゃないか。バラバラだったよ？」

「倒したのも壊したのも同じじゃないか。倒れて壊れて砕けて散ったんだ。たった一度、地下の廊下の掃除をしたら綺麗さっぱりなにもかもが、ほら」

「……きみは掃除に向いてない」

ハクが困った顔をした。

「向いてないけど一生懸命やったんだ」

クズがドヤった顔で言い張った。

大アメマスが再び飛び跳ね、琴音の顔にもピシャリと水が当たった。

冷たい飛沫《しぶき》だ。

温水ではない。

「なんだろう？」

ぬるりとした感触に琴音は思わず自分の手をしげしげと眺《なが》めた。

――血が。

琴音の顔に飛んだ泥水を拭った手のひらに赤い色が混じっている。

ハクとクズはふたりして琴音を後ろへと下がらせると、大きな魚へと向き合った。

「どちらにしても再びの封印だけはどうしようもないようだけれど」

「もしくはいっそのこと綺麗さっぱり退治するしかない」

ハクとクズが顔を見合わせた。

大アメマスは泥のなかを縦に泳いで、頭部だけを突き出して「いぁあああああいぃいぃ」と声を迸《ほとばし》らせる。

その音が――琴音には大アメマスの悲鳴に思えた。

身を翻して泥に潜《もぐ》ろうとしたその刹那、尾びれをクズがはしっと片手で摑む。

じたばたと暴れる尾びれを摑んで、片手を高々と掲げる。

クズの身体がすいっと縦にのびあがる。足が地面から離れ、空中にふわりと浮かぶ。大アメマスは地中の泥ごとごぼごぼと持ち上げられた。

「待って」

気づけば、琴音は、身構えたふたりに叫んでいた。

「待ってください。暴れたくて暴れてるわけじゃないんじゃない？　だってここの神域はハク様より力がなくてクズ様より悪意のないものしか立ち入れないのでしょう？怪我をしていて苦しんでいるんじゃないですか？　さっきからこの大きな魚の妖怪はずっと『痛い』ってそれだけを訴えているんじゃないですか？」

少なくとも琴音の耳には、そう響く。

つらそうで、苦痛に満ちた、泣き声に聞こえる。

鰓や鰭がパタパタと開閉し、全身をうねらせて跳ねる。

琴音は大アメマスの側に走り寄った。

白い腹の下にある、黒い染み。

血が垂れるそこに、突き刺さっているのは——割れた石の欠片だ。

「ほら。ここに砕けた石が刺さってる。これを取りたくて身を捻《よじ》って暴れてるのかもしれない」

かわいそうにと、琴音は感じた。

大妖怪であろうと、身体に尖ったものが刺さっていたなら痛かろう。痛ければそれを不快に思う。尖ったものを抜くこともできず、この大アメマスは地中をただ一匹で這いずり回って――なにをしようとしていたのか。

痛いと泣いているものを目の前にして、琴音の身体は勝手に動く。

相手の痛みを癒《いや》すためにすべきことを。

綺麗なハンカチをポケットから取りだして刺さっている箇所に手を添えると、大アメマスは動きを止めた。琴音の意図を察して、暴れるのをやめてくれたのだと琴音はそう感じた。

そのまま琴音は、石の欠片をぐっと引き抜き、傷口をハンカチで強く押さえた。

「……痛いんですよね。痛いのは、嫌ですよね。私もです。誰だって――痛いのは、つらいもの」

優しい声で――けれど毅然とした態度で、琴音は大きなアメマスに語りかける。

「人の薬が効くのなら上にいって取って来ます。待っていてくれるかしら」

琴音はハンカチを押しつけていた手を放し、頭上を見上げた。

「琴音ちゃん」

ハクが後ろから琴音の名を呼ぶ。

「駄目です。痛めつけるようなことはしないでください。だって」

顔をきっと上げ、ハクから大アメマスをかばうようにした琴音に「そうじゃなく」とハクが言う。

「琴音ちゃん、薬を持ってくるんじゃなく、歌をうたって」

「歌？」

「傷を癒したり、元気にしたりしたいと思うその気持ちのままに、いつもみたいに歌って。その大アメマスもかつてはここの主だった。力を持った神様だったんだ。だからきみの奉納の歌はきっと効果があると思うんだ」

いまひとつ信じられずに、ためらう琴音に、

「僕の言うことなんて信じられないのかな。でも僕は琴音ちゃんの奉納で実際に力を取り戻したのだし……ああ、その力も使ってしまったからまたもとの弱い龍神になってしまって……頼りのない僕のままなんだけど」

と、ハクがしょんぼりと肩を落とした。

「そんなことないです。ただ薬のほうが確実かと」

おろおろ応じるとクズがふわりと着地し、大アメマスを地面に横たえる。

そうして大股で琴音に近づき、琴音の顎《あご》に指をかけ、くいっと上向かせた。

「……なっ」

鼻先が触れそうなくらいの至近距離で、琴音を見おろし、

「いいから歌え」

と、ささやいた。

「歌……？」

「神や、あやかしに効く薬などここの宿にあるものか。あったらハクがとっくに治って元気になっている。おまえは俺が選んだハクの花嫁なのだから、その唇と舌をハクのためにきちんと使うのだ。わかったな？」

――わからない。

それにその言葉のチョイス本当にどうにかならないのかと、思う。

しかし――わからないけれど、わかるしかないのかもしれない。

なによりたしかに、薬があればとっくにハクは元気になっているに違いない。だったら他の手段でどうにかするしかないのかも。

有無を言わせぬクズの鋭い眼光があまりにも間近だし、唇と唇が触れあうくらいに近づいている。

気圧《けお》された琴音は「はい」とうなずく。

歌えと急に言われた結果、口をついて出たのは、狸と一緒に歌っていたでたらめな歌だ。

最初の一音が唇から零れると、クズが納得したように琴音の顎から指を離した。

高いところにいて楽しくて嬉しいという、そんな内容を、地の底で歌う微妙さには目をつむる。

穴の壁はいい具合に音をこだまさせ、エコーがかかって、なかなか美声に聞こえないでもない。

身を屈《かが》め、大アメマスの様子を見守り、苦痛が遠ざかるようにと祈りを込めて歌をうたう。

と――。

横たわる大アメマスを覆っていた泥と鱗がひび割れたようになって剝がれ落ちた。

固い鱗が音をたててあたりに飛び散ると、焦点を合わせそこねて映した映像みたいに、もやもやと魚の形をしていた輪郭が曖昧に溶けて流れていく。

そして――溶けだした輪郭のなかから、次に形を持って現れたのは長い髭《ひげ》を持つひとりの老人だった。

ぐったりと横になった老人は、前面が白くて後ろが濃い藍色で、ところどころに虹色が混じる不思議な柄の着物を身に纏《まと》っている。その腹のあたりの布が破れ、穿《うが》たれたように穴のあいた傷口から血が溢《あふ》れていた。

「……痛い」

ゆっくりと水が引いていき地面に倒れた老人がしわがれた声で言う。

その声は先刻まで魚が発していた「いぁあああぃぃぃ」という声とよく似たものだった。

「うん。痛いですよね」

琴音はそう返した。

不思議だと思ったけれど、見えているものを信じるしかない。

目の前で老人が苦痛を訴えているのだ。その痛みを取り除く手助けをしたい。

「痛い。要石の欠片にこのところを貫かれて、儂《わし》は苦痛と共に地底で過ごして……」

老人は腹のあたりを両手で押さえて低くうめく。

琴音は、老人が押さえる腹のあたりに手を添える。

「そうですか。つらいですよね。早くに気づけなくてごめんなさい。ずっと痛くて、大変だったんでしょう？」

「ああ」

老人はよろよろと起き上がる。琴音はその背中を支え、さすった。

「どうしたらこの怪我を治すことができるのかしら」

つぶやいた琴音にハクが告げた。

「彼の姿を認めて、その身体に深く刺さっていた石を取り除いたのだから、治療はもうほとんど終わっているようなものだよ。見てごらん」

ハクが指さすその先で——老人の破れた着物の内側で傷口がじょじょに閉じていく。

裂けていた皮膚は、見えない手で縫い止められたかのようにぴたりと貼りついた。

「あとはきみたちが、彼の、その存在を信じて、祈って、奉納をすれば失われた力が少しずつ呼び戻される。ただ——彼が人にとって善《よ》いものになるか、悪いものになるかは、琴音ちゃん次第かな」

「え？　私次第？」

ハクはふわりと笑っていた。

そうして琴音の隣に立ち「はじめまして。僕はハクと言います」と大アメマスだった老人に頭を下げる。

「あなたは封印されていたかつての湖水の主の大アメマスですね？」

問われた老人は遠い記憶を呼び戻すように目を細め、一瞬だけ考えてから、首を縦に振る。

「そうじゃ。……おお、そうじゃった。要石に押さえられ、この地に長いこと縫いつけられていたせいで忘れかけておったが——儂はかつては大アメマスで、湖水の主じゃったわい」

合点がいったように顔を輝かせた老人に、

「俺はクズ様だ。おまえの要石を壊したのはこの俺様だ。つまり俺は、おまえを救いだしたのだ。感謝しろ」

とクズが腕組みをしてえらそうに言い放つ。

「それはそれは――ありがとうございます」

「なに。たいしたことはないさ」

――たいしたことはあったわよ？　それで砕けた石が刺さって苦しんでいたんだから……。

しかし突っ込んだら負けである。琴音は言葉をぐっと飲み込んだ。

「僕は、この上にある『たつ屋旅館』の主です。うちのお宿は、虚弱や皮膚に効能ありとされる温泉が売りなんです。ちょうどその源泉が枯れかけていたのですが、あなたのおかげで新しい源泉が湧いたようだ。この場所をもう少し掘ったらきっと新しい温泉を汲み上げることができそうです。ありがとう」

ハクが、言う。

――ありがとう、なの？

琴音は目を瞬《しばた》かせて、ハクを見て、大アメマスを見た。

温泉が枯れたのはきっとこの大アメマスが苦痛で暴れた地震のせいで、だから感謝なんてしなくてもいいことなのに。

「温泉は湯だから、冷たい水を好む魚の神様や妖怪に効果があるかどうかはわからないけど——もしもよかったら、ここから上がって、このままうちに泊まっていきませんか？　いまなら僕の花嫁が作ってくれる美味《おい》しいご飯もついてくると思うんだ」

「え……？」

固まった琴音に、ハクが、てらいのないピカピカの笑顔を向ける。

「琴音ちゃん、なにか作ってくれるよね？　琴音ちゃんの作ってくれるご飯はいつも気持ちがこもってて、美味しくて、僕は力をもらってるんだ」

「作るけど……私は花嫁じゃないですよ？」

「えー？　どさくさに紛《まぎ》れてうっかり肯定してくれるかなと思ったのに。すごいなあ、琴音ちゃん。ここは流されて『はい』って言うところだと思うよ」

ハクはそのあと小声で「もしかしてよほど僕との結婚が嫌なのかな」としゅんとうなだれている。

「そこであからさまにがっかりしないでくださいって。だっていま、そういう場合じゃないじゃないですかっ」

「じゃあどういう場合なの？　教えて？」

そう言ってハクは琴音の顎に指をかけ、くいっと上向かせて顔を覗き込む。

――ち、近いっ。

「クズ様に続いてハク様まで、そういうの、やめてくださいっ」

動揺し、バランスを崩してじたばたする琴音の肩をハクが摑んで引き寄せた。

しかし――すとんと胸元に倒れかかった琴音を、ハクは受け止めそこねて琴音に押し倒される形になってばたりと後ろに転ぶ。

ものすごい音がした。

ついでに泥水もパッと飛んだ。

「わっ。ハク様、ごめんなさい」

ぬかるんだ泥水のなかにハクが後ろ向きで転倒し、その上にのしかかるように琴音が倒れ――咄嗟《とつさ》に出した琴音の両手はハクの身体を挟んで地面にのばされ――。

後ろで結わえていた紐《ひも》がどこかで解けたのだろうか。ハクの銀色の長髪が泥水のなかで扇みたいにふわりと広がった。

琴音がハクを転倒させたこの状況をクズがどういう顔で見ているのかを確認するのが心底、怖い。

案の定、

「こぉとぉねぇ」

粘《ねば》つくような低音美声の怖ろしい声で、名前を呼ばれる。

「すみません。すみません。わざとじゃないんです。ハク様、大丈夫ですか？　あの……起きてください。どこか痛かったりそういうのはっ。こんな泥だらけになっちゃって……」

起き上がろうとした琴音の腕をハクが引き留め、後ろ頭を半ば泥水に浸けたまま、ふわふわと笑う。

「うん。ごめんね。大丈夫だよ。さっきクズ様がどさくさに紛れて琴音ちゃんの顔を上向かせてたの、悔《くや》しかったから、僕もこの機会に乗じてなにかかっこつけられるかなって思ってやってみたのに――やっぱり僕はふがいない。でもこの状態、すごく美味しいから、これでいいや」

「え？」

言われて気づく。

――待ってよ。まさかの私からの床ドン状態？

泥だらけであっても……。

綺麗な顔が、近いまま、自分のすぐ下にある。

困ったことに、ハクの笑顔は、どんな乙女よりずっと乙女なものだった。

6

穴の底から大アメマスの老人を連れて戻るとカッパたちがやんやと喝采《かっさい》してくれた。事の子細はハクが手短にオサキに説明し、オサキはあっさりと納得した。さすが神様や妖怪同士は理解が早い。封印とか要石《かなめいし》が壊れたとか歌の奉納で癒《いや》された力が戻ったとかいう荒唐無稽な出来事は「なるほど。さようでございますか」のひと言で片づけられた。

そして――今宵もまた食堂で、琴音《ことね》は手早く料理を作る。

「手抜きみたいになってすみません。今日も鍋です」

味噌仕立ての生姜鍋《しょうがなべ》。メインは豚肉とピーラーで薄切りにした大根だ。大根は消化にもいいし、かつ薄切りにするとすぐに煮えるし食感もおもしろい。切り方が違うだけで、ぐっと食べやすくなるのだ。

こんにゃくに、あと里芋も入れる。あたたまるし、お腹にもたまる。

「本当は豆乳で作るシチューとか、もうちょっと洋風なものも考えてたんですけど……。時間的に鍋になってしまいました」

言い訳っぽくなってしまったがそう言うと、

「僕は琴音ちゃんの作ってくれる鍋が好きだよ。味噌も好きだし、それにこの大根……食べやすい」

ハクは相も変わらずふわふわと笑って、受け入れてくれた。

「あ、ハク様はこんにゃくと里芋は適度によろしくです。食物繊維が多いものをあんまりたくさんとると胃にはよくないので」

「でも僕、胃痛はもうなくなったんだから大丈夫かと」

「油断は禁物です」

「僕の身体《からだ》を気遣ってくれるんだね。優しいなあ。ちょっとは好きになってくれたんだなって思ってもいい？　そろそろ花嫁になってくれるかな」

「き、嫌いじゃないですけど」

――花嫁になるかはまだ決めてない。

「なに、毎日こうやって修行に来ているのだ。もはや花嫁も同然だ」

クズは自分の取り皿にバターを一切れ落とし、悦に入っていて断定する。

「花嫁じゃないですってば!!」

「そうは言ってもおまえもハクが好きだろうよ。ハクを嫌う奴など、うつしよにも、とこよにもいないのだ」

さりげなく「おまえも」と言うところが、クズのクズたるところだった。

ついでにちらっとハクのほうを見て「味噌にバターは絶対に合う。どうだ」と強く勧める。

「合うかもしれないけど、僕は生姜の香りだけを楽しみたいよ」

「そうか。それなら、ほら、もっと肉を食え。薄切りであっても肉は肉だ。肉はいい。俺は肉を信じてる」

せっせと鍋から肉をよそってハクの器に盛りつける。

「僕はきみのことは信じているけど肉のことはそれほどまでには信じきれない」

「俺のことは信じているのか。ふ……ふはははは」

クズがデレデレになって身体を揺らして照れだして、おかげでハクに肉を盛りつける箸が止まった。

——ふたりとも私のことはほっといて、もういい加減、つきあっちゃえばー!?

脳内に浮かんだ言葉をぐっと飲み込み、琴音は大アメマスへと話しかけた。

「お料理、口にあいますか?」

老人はゆっくりと食べていた手を止め、返す。

「うむ」

「それなら、よかったです」

老人は琴音を見て、つぶやく。

「そなたから捧《ささ》げられた歌で、封じられた儂《わし》の痛みと苦しみは遠ざかり、大層身体が楽になった。礼を言う」

「いやあ、ただの歌です。でも、それで効果があったなら本当によかった。痛いのは、嫌ですもんね。私にできることが他にもあったら、おっしゃってください。できることを、がんばりますから!」

「儂はぬるい水はあまり好きではないから、儂専用に地下室に〝冷やし直した〟温泉風呂を作っておくれ」

——いきなりそうきましたか。神様って、当たり前のようにとんでもない要求をす

るし⁉

「……さっそくのご要望をありがとうございます。それ、私にできるかなあ。そのへんはオサキさんや、ハク様と話し合ってみますね」

「うむ。しかし、儂が長く眠り続けていたあいだにいろんなことが変わっていったのだろうなあ。最初の数十年くらいは、痛みと悔しさとで、封を解かれたら儂をこんな目に遭《あ》わせた新しい神や人間どもを絶対に成敗してみせようぞと恨みを抱えておったが……」

ものすごく物騒なことを言いだした。

どう返事をしようかと考えて、うっと詰まってしまった琴音を見て、老人がニッと笑う。

「そんな不安そうな顔をするな。いまでもその思いは完全になくなったわけでもないが――私を自由にしてくれたのはそこにおる神の二柱で、儂を癒してくれたのは目の前にいる人の子の歌と供物《くもつ》のご馳走じゃ。封じを解いてくれたものたちが大切にしている世界を、無駄に破壊してまわろうとも思わぬよ。儂は礼を重んじるし、祟《たた》り神というわけでもないからのう」

「……よかった」

ほっと安堵の吐息を漏らすと、

「飯が旨《うま》いのはありがたいことじゃからのう。もうしばらくここの宿に逗留《とうりゅう》し、弱った身体を癒すことにするので、よろしく頼むぞ」

それを聞いて、さっきからこちらをちらちらと気にかけているオサキの耳がひょこひょこと動いた。たぶん「またお金を払わないお客が増えた」と内心で嘆いているのだろう。

カッパたちはみんなでわいわいと賑《にぎ》やかに言い合いながら鍋をつついている。あかなめも狸《たぬき》も笑顔で食べている。

豆腐小僧に、小豆《あずき》洗いに――さらには見たことのないもふもふした黒い毛玉に目玉がついた謎のあやかしも集団で小皿を囲んでいる。

「なんか……もしかして、お客さま、増えてます？」

つぶやいたらオサキが立ち上がり、琴音の後ろにやって来て告げる。

「そのようです。どうやら札幌の神様と妖怪たちに、うちの宿のご飯が美味しくなったと評判になったみたいなのですよ。そうはいっても変わらずに、お金を支払うお客はいまのところいないのですが――今宵の大根と豚肉は、そこのマチビコたちが代金代わりに持参してきたものなので」

もふもふした黒くて小さな妖怪はどうやらマチビコというものらしい。

「新たにお金にならない神様が穴の底から現れて、わたくしもどうしたらいいのやら……」

オサキの尻尾がぶんぶんと左右に揺れている。嘆息をひとつして、琴音をじーっと見つめたまま動かない。なにかを待たれているような気がして、

「大変ですね」

と声をかけた。

「ええ、大変なんです。新しい温泉が湧いたといっても配管のパイプを通すのはわたくしが手はずを整えないとなりません。どうやら湯の温度が足りていないようですから、沸かし直しをしたほうがいいようですし、いまある大浴場のその下に洞窟風呂を作ろうとハク様がおっしゃっているしで」

「お疲れさまです。お鍋、もっとよそいましょうか？」

「ありがとうございます」

両手を差しだした琴音に器を渡しながら、オサキがこほんと小さく咳払いをした。

「ところで、お鍋もとても美味しいのですが……今日は稲荷寿司はないのですか？このあいだ作ってくださると言っていたような気がするのですが？」

きらきらと目を輝かせている。つんとした美女なのに、稲荷寿司にだけはこんなにわかりやすい執着を見せるとは。

「……今日は作ってないんです。でも、明日、作りますね。今夜、揚げを煮て、しっかりと煮汁の味を油揚げに染みこませておきます」

聞いた途端、オサキの尻尾がぶるんぶるんとプロペラみたいに回転した。

――か、かわいいのでは!?

目は口ほどにものを言うし、尻尾は目よりさらに雄弁のようだ。

「しっかりと煮汁をお揚げさんに染みこませて……それは素敵ですねえ」

ほおっとため息を漏らし、取り分けた鍋の器を手にして、オサキはもとの席に戻っていった。

そうやって――賑やかで和《なご》やかにみんなで夕飯を囲み――。

片づけを終え、明日の朝ご飯の用意をしてから琴音はとこよを後にする。

今日はハクが琴音を鳥居まで送ってくれる。ゆらゆらと揺れる提灯《ちょうちん》の明かりは見慣れたいまでも、暖かみがあって綺麗だと思う。

「今日も琴音ちゃんが大活躍だったね。琴音ちゃんが来てくれてよかったよ。琴音ちゃんじゃなければこの宿はこんなに居心地よくはなっていないと思うんだ。いつも一生懸命働いて、物事を解決しようとしてくれて、ありがとう。さすが僕の花嫁様だ」

ハクが言う。

「いや、花嫁じゃないですし婚約もまだしてないですし、つきあってすらいないですからね？」

「告白すればするだけ、僕と琴音ちゃんの距離感が遠ざかっていっているような気がするの、気のせいかな……。このあいだまでは婚約者だっていうのはなんとなく納得してくれていたはずだったのに？」

「否定しないでふんわり聞き流していたら、確定した事実みたいな言われかたをすることに私も気づきだしたので。ひとつひとつ〝違います〟って言っていかないと」

それに、うっかり――嫁いできてもいいのかななんて。

思ってしまいかねない程度には、琴音はとこよのみんなのことを好きになってきているので。

「とうとう、つきあってすらいないって言われて……次は友だちですらないと言われるのかな。友だちにはなっているんだよね、僕たち」

ハクが真剣な顔をした。

その様子がちょっと愛らしかったので、からかってもいいかななんていたずらな気持ちが湧いた。

「さすがに神様と友だちっていうの、畏《おそ》れ多いです。雇用主と従業員っていう感じですかね」

「……本気なの？」

ハクが見るからにものすごくしおれてしまったから、申し訳なくなって「いまのは言い過ぎでした。ごめんなさい。友だちでいいのなら、友だちにしてください」と慌《あわ》てて言い直す。

「友だちで！　琴音ちゃん、そこは友だちで固定してくれると嬉しいよ。スタートラインにくらいは立っていたいもの……僕だって」

ハクが必死の顔つきでそう返した。

「……はい」

とはいえ、神様と友だちってものすごいことだ……。

「……ところで、今日はいつもより遅くまで引き止めちゃってごめんね。予定外のことが起きたから」

「予定外すぎましたからね……」

イレギュラーな出来事があって時間を使ってしまったから今夜はいつもより遅い帰宅になってしまって、途中で、家族ラインで「遅くなります。ごめんなさい」と伝えておいた。

「僕、うつしよのこといまひとつわかっていないのかもしれないけど、連日、琴音ちゃんに遅くまでいてもらう以上、一度は琴音ちゃんが暮らしているおうちにご挨拶にいったほうがいいのかもしれないねって、そういう話をオサキとしていたんだよ。スーツを着て、手土産を持って、大切な琴音ちゃんを僕にくださいっていうやつ」

「来ないでください」

即座に、拒絶。

「そうだよね。琴音ちゃんは物じゃないから〝ください〟はおかしいよね。むしろそこはシンプルに〝琴音ちゃんと結婚させてください〟って土下座をするといいのかな。琴音ちゃんの親戚だっていう、おじさんたちのこと、僕は知らないけど……僕みたいな弱い龍神でも許してくれるかなあ」

心配のポイントがずれている。

「……弱い強いの問題じゃないし、とにかく絶対に来ないでくださいね」

――でも、アルバイトはじめましたみたいなことは伝えとかないと、おじさんたちも心配するよなあ。

ぼんやりと今後のことを考える。

うつしよと、とこよ。

――私、帰ろうとするんだよなあ、そういえば。

別にずっと、とこよにいて、宿の手伝いを住み込みでしてもいいようなものなのにきちんと時間が来たらおじさんたちの家に戻ろうとする。そして朝になったら学校に行って友だちと一緒に勉強をする。

そうしたいから、そうしている。

うつしよには行き場がないような気がしていたけれど、そんなことはないのだと、とこよに来るようになって、やっと気づいた。

琴音の縁の糸は様々な人たちのところにつながっていて——それなりにきちんと現実世界に縫《ぬ》い止められているのだ、と、そう悟った。

遅くなりますという一報を入れるときや、真穂が学校で琴音を気遣って怒ったり不安そうな顔をしてみせたりしてたくさん話してくれたとき、琴音はうつしよの誰かとしっかり向き合って現実世界に縫い止められている。

——でも。

私はどちらの世界が好きなんだろう。

どちらが居心地いいんだろう。

いつまでもこんなふうに、行ったり来たりをし続けられるんだろうか。

「……お母さんは」

ふと、言葉が口から零《こぼ》れた。

「うん？　琴音ちゃんのお母さんが、どうかしたの？」

「ハク様、私を呼んだのは『傾聴屋さんの娘さんだから』っておっしゃってましたよね。お母さん、私の知らないあいだに、とこよの妖怪たちと会ってお話を聞いたりしていた傾聴屋さんで……。お母さんのこと知ってくれている妖怪や神様は多いって聞いて――実際、あーちゃんもお母さんの傾聴屋さんを利用したって聞いて」

行ったり来たりをしていた母は、どちらの世界を住みやすいと感じていたのだろう。

――もしかしたらお母さん、とこよのほうが過ごしやすかった？　だってなんとなく、とこよのみんなはお金なくてもどうにかやっていけそうだし、怖いのもいるけど、いい妖怪や神様は多いし。

「こっちの世界はこっちの世界できっと大変なこともありそうだけど、でも、お母さんだったら、とこよで暮らしていけたんじゃないのかなってちょっと考えちゃいました。だって私なんかが『お母さんの子どもだから』で、呼んでもらえた……そこまで、うちのお母さんって、この世界に馴染《なじ》んで、みんなに信頼されてたってことですもんね」

とこよのほうが苦労しないでいられたのでは。

そして——どうして、うつしよから離れなかったのかということの理由のひとつは……。

「お母さん、もしかしたら私がいなければ、とこよに引っ越して、それなりに楽しく幸せに過ごして、それで……いまでも生きているのかも。私、いないほうがよかったのかな」

少なくとも、母はとこよにいたら、事故になんて遭《あ》わなかった。

きしきしと心が軋む音がした。

吹っ切れたようでいて、やっぱりまだ吹っ切れていない。琴音はどうしたって母のことを考えてしまう。

琴音の言葉を聞いて、ハクが立ち止まる。

「私なんか……って、そんな言い方しないで。琴音ちゃんは僕の大切な人で——きみのお母さんにとっても大切で大事な子だったんだから」

「だって」

顔を上げると、ハクが生真面目《きまじめ》な顔で琴音を見つめていた。

橙《だいだい》色の明かりがハクの顔を優しく照らしている。

「僕がきみを呼んだのは、傾聴屋さんの子どもだったからだけど……それは僕が傾聴屋さんを信頼していたからとか、そういうわけではないんだよ。僕は自分の社《やしろ》と縁のある人たちの名前がしるされている『所縁帖《ゆかりちょう》』から、たしかに、きみだけを選んだんだ」

「はい。だから、お母さんの名前が書いてあって、それでってことですよね」

「ううん。違うよ。あの所縁帖にはね、きみのお母さんだけじゃなく、きみの名前もしるされていた。僕が選んだのは、きみが、きみだったからだよ。僕は、所縁帖のなかの誰でもよかったわけじゃない。お嫁さんになる人をちゃんと向き合って選んだんだ」

「え？　だって私、うつしよでハク様のところにお参りしたことなんてないですけど……」

「そのとき、きみはお母さんのお腹のなかにいたんだよ」

ハクが花みたいにふわりと笑った。

「琴音ちゃんのお母さんはね——琴音ちゃんが無事に生まれるようにって、僕のところにお参りにきてくれたんだ。きみはお腹のなかで、まだまだ小さな命の塊《かたまり》でしかなくて――だけどもうそのときにきみは宍戸《ししど》琴音っていう名前をお母さんにちゃんと名付けられていたんだ」

「……お腹のなかに？　ええと、それって」

「もちろんお腹のなかでのことだから、きみは僕のところに来たことなんて欠片《かけら》も覚えていなかろうけど」

ハクは壊れ物を扱うような優しい仕草で、琴音の前髪を指で梳《す》いた。

もうずっと幼い日に、母が、琴音の髪を整えてくれたみたいな触り方で。

「僕はきみのお母さんに祈りを捧げられたんだ。僕がきみに会っていなかったように、そのとき、きみのお母さんだってきみにはまだ一度も会っていなかった。それでも琴音ちゃんのお母さんは、お腹のなかで少しずつ大きくなっていくきみのことがとても大事で愛おしいと思っていたよ」

「………」

「きみが女の子だっていうことはもうわかっていたんだって。お医者さんにそう教えられて、そのあとでうちにお参りに来てくださってね。うちの場所を誰に聞いて来てくれたのかな。普通ならもっとメジャーなところにお参りするはずなのに、よりにもよってうちに来て。僕はもう力もそんなに残ってなかったけど、ここまで願われたなら、がんばらないとって」

ちょっと困ったような顔をして、ハクが、また笑った。

「とても強くて、深くて、綺麗な祈りだったから覚えてる」

お腹の子が無事に生まれてきますように。

この子のためならなんだってできるし、がんばれる。

この子と共に生きていくから、この子が無事に生まれてきてくれるように。

「……そう祈ってくれたんだ。生まれてきたら育てるのは自分でなんとでもできるけど、生まれるまでのことは努力だけではどうにもならないから神頼みさせてくださいねって」

「ものすごく……お母さんっぽいです」

泣きたいけれど、笑ってしまった。

だから笑おうとしたのに、どうしてか涙が滲《にじ》んだ。

「巡り合いもしないお腹のなかにいるうちから慈《いつく》しまれて愛されていたのに、そんな言い方したらよくないよ。きみがいるから、傾聴屋さんはがんばれたんだ。琴音ちゃんの存在が、傾聴屋さんを強くした。きみがいないほうがよかったなんてことは、絶対にないよ」

どうしよう、と思った。

涙が溢《あふ》れてきて、止まらない。

生まれる前からそんなに愛してくれていたなんて。

「傾聴屋さんは、ご苦労もされただろうし、つらかったことだってもしかしたらあったのだろうとしても――それでも神様に必死に祈るくらいにきみが生まれてくることを望んでて――そのあとのことは自力でやるからって線引きするくらいに長く祈っていった、気《き》っ風《ぷ》のいい女性だったよ。僕が知っているのは、僕の気持ちと、きみのお母さんの祈りだけ。あとは琴音ちゃんが信じたいように信じるといい」

それでもたぶんきみのお母さんは、きみといて幸せだったろうし、きみがいなければよかったなんて願う女性じゃなかったと僕は思うよ。

ハクが小声でつけ足した。

「……はい。なんていうか、ええと……ありがとうございます」

ハクは、ふふっと小さな声をあげて笑った。

「たまに訪れる人間たちが、いろんな願いと祈りを僕に語りかける。僕はどんどん力を失っていっているから、たいして叶えられることも多くはなくてずっとふがいない思いをしていてね——それはもう琴音ちゃんも見ていてわかっていると思うけど」

ハクは着物の袖《そで》で琴音の顔をちょんちょんとつつくみたいにして涙を拭《ぬぐ》っていく。くすぐったくて、同時になんとなく柔らかく、甘い心地がする。

ハクが片手に持つ提灯の明かりが視界の端でちらちらと揺れている。

顔を覗き込まれて、頬《ほお》を撫《な》でられて、きっと自分はものすごくぐしゃぐしゃの顔をしているのではとぼんやりと思う。

恥ずかしいなと思ったタイミングでハクの片手が琴音の頭にぽんと置かれた。そのままゆるく頭を押してくるから、琴音は、素直にことんと、ハクの胸元に顔を埋めた。

なりゆきで、抱きしめられてしまった。

ハクの胸で泣いてしまっている。

よほど弱りきっていたのだな自分はなんて、そんなことも思う。

それでも——。

「……あの、鼻水とか涙とかハク様の着物についちゃいます……ごめん、なさい」

くぐもった声でそんなことを訴えるくらいには、理性というやつが残っていた。

「気にしないで。というか、もっとロマンティックな感じのことを考えてよ。着物が汚れそうとかそんなんじゃなくて、どきどきしたりしてくれないのかなあ。僕、きみのことを抱きしめているんだから。でも……琴音ちゃんの、そういうところ、好きだよ」

ハクの肩が小さく揺れた。涼やかな笑い声が上から降ってくる。

――あっさりと余裕で好きとか言うしっ。

ハクは、呼吸をするくらいの自然さで、なにかと好意を口にする。

ぼわっと発熱しそうなくらい、一気に羞恥《しゅうち》がこみ上げてきた。

琴音はハクの胸に両手を置いて、ぐっと身体から引き剝《は》がし、顔を上げる。

「ありがとうございますっ。ちょっと、でも、まだ私はそういうの早いんでっ」

「駄目だよ、顔は上げないで。だっていまから僕はとても恥ずかしくなるようなことを言うつもりなんだから」

「ふは？　それって、いったいどんなことを……ぐっ、む」

ハクが琴音の頭をこつんと胸に押しつけ直した。

「伝えたいのは、僕の話。あのね、傾聴屋さんに託されたのは、きみが無事に生まれることで——どうしてかなあ。僕はそう祈られて生まれてきたいまのきみに会えたら、僕だってまだまだ神様としてがんばっていけるかななんて、そんなことを考えたんだ」

それまではね、九頭龍《くずりゅう》大神にどれほどいろいろと言われても、力を失うのならそれはそれで僕の神としての運命なんだろうからって抗《あらが》うつもりはなかったんだよ。

ハクは独《ひと》り言《ごと》みたいな言い方でそうつぶやいた。

「なのにきみと会ってみて——僕はまだがんばろうと思ったんだよ。弱いなりに——僕なりに。琴音ちゃんは僕が想像していたよりずーっと素敵な子だったから、僕ももっとちゃんとした神様にならなくちゃって思えたんだ。消えたくないって、思えたんだ」

琴音は身体を固くして、ハクの囁《ささや》きを全身で受け止めた。

人びとに忘れ去られて力を失い、消えかけていたという弱い神様の、祈りに似た優しい声は、ゆっくりと琴音の胸に染み込んでいった。

「僕が形を失う前に、きみときちんと出会うことができて幸せです。琴音ちゃん、僕のところに来てくれてありがとう」

　ハクに抱きしめられたまま、琴音は呼吸を整える。

「……はい。私も、ハク様と会えてよかったです。私を迎えに来てくれて……ありがとうございます」

　嘘いつわりのない、それだけは伝えなくてはならない本音の感謝だった。

「うん。もう僕のこと見てもいいよ。というかこれは目を見て言いたいから顔を上げて」

　ハクの腕の力が弱まって、だから琴音は素直に「はい」とハクから離れて顔を見る。

　――さっきの言葉が恥ずかしいから顔を見られたくない告白っていうことは、次のは、そこまで真剣な話ではないっていうことよね？

　それはそれとして、次はなにを言われるのだろうと、身構える。

「虚弱でなにもできない神様なのでできみがものすごい望みを抱いたとしても僕は叶えられないと思うんだ。それでもよかったら僕の許嫁《いいなずけ》になってくれませんか？　僕がちゃんとした神様に戻れるようになるまで長い目で見て、僕の側《そば》にいて欲しい。もちろん僕のことをそこまで好きになれないときは、振ってくれてかまわない。それで祟ったりしないよう努力するので」
「……ええと、さりげなく祟り神になるっていう方向性も示唆しましたよね、いま。
あと、さっきのお話より、いまのお話のほうが恥ずかしくなるような告白なので
は？」
「そうかな？　でも目をあわせないで許嫁になってって言うのは変でしょう？」
「まず、友だちでお願いします。さっきも同じこと言いましたよね。何度も同じこと
言ってますよね、私」
「うん。でも、さっきと、いまとでは気が変わったかもって思って。だってちょっと
僕たち、いい雰囲気だったでしょう？　このまま雰囲気で琴音ちゃんが流されてくれ
るといいなって押し切ってみたんだ。いまね、もしかしたら琴音ちゃんの唇を奪うこ
とはできそうな気がしたんだよね。どうかな？」
笑顔でとんでもないことを言いだした。
が、たしかにここでキスをされても琴音は抵抗しなかったかもしれない。
だって胸のなかが甘く疼《うず》いているし、心臓の鼓動は速まっているし、好きか嫌いか
の二択なら間違いなく好きになりかけているし。

　でも――。

「流されません。お友だちからはじめてください」

　琴音は気恥ずかしさと胸の鼓動をごまかすために、ハクの手から提灯を奪い取って早口で言う。

「仕方ないなあ。だけど次にこういう機会があったら、僕はもう何も言わないで行動しちゃうかもしれないからね。それくらいには元気になってきているんだ。琴音ちゃんのおかげだよ」

「え……!?」

　にこにこと邪気のない笑顔でものすごいことを言ってのけた綺麗な神様は、実は、クズよりずっと手強くて黒い内面を秘めているのかもしれなかった……。

終章

　地下二階に洞窟風呂と冷却温泉ができあがったのは、琴音《ことね》が『たつ屋旅館』に来るようになって三ヶ月目のことだ。

「冷却温泉って、温泉というものを否定しているような気もするんですが……」

　厨房でつぶやく琴音は、せっせとお稲荷さんを作っていた。煮汁がじゅわっと染み込んだ揚げに、酢飯を入れてきゅっと形を整える。

　普通のものと、甘く煮付けた人参やひじきを混ぜた五目稲荷――それから揚げに包むのではなく、炊いた油揚げを載せたものを笹の葉に包んで押し寿司仕立てにしたものの三種類。

　琴音の傍《かたわ》らにはオサキがいる。尻尾《しっぽ》をぶんぶん左右に揺らしながら、ときどき稲荷寿司をつまんで食べて、ため息を漏らす。

「わたくしだってそう思いますが、仕方ないじゃないですか。ハク様が作りましょうとおっしゃったんですから。わたくしはハク様に命じられたら、どんなことでもやり遂《と》げるそういう忠実な神使《しんし》なのです」

　そうなのだ。

　忠実な神使ぶりがあまりにも大変そうで、今日はひたすらオサキのために稲荷寿司を作っている琴音なのである。

　冷却温泉は、大アメマスだった老人が強く欲したため、ハクが施工を決断し、オサキがいろいろと手配して出来上がった。

「まあ、素性が水棲生物に近しくて温水を好まない妖怪や神様も一定数いるわけで――物珍しさもあって、しばらくはきちんとしたお客様がいらっしゃるかもしれないっていう望みは、捨ててはおりませんが」

「洞窟風呂は、光を好まない層が一定数いらっしゃっているみたいですしね」

「ええ。まあそれでもたいした稼ぎにはなっておりませんが、わたくしとしては、ハク様が元気になってくださってきているので、あとはどうでもいいのですよ。というわけで、そろそろ琴音さんがお嫁様になってくださると、本当に嬉しいんですけどねえ」

「……いやあ、それは」

「そうしたら毎日こんなふうに美味《おい》しい稲荷寿司もいただけることですし」

稲荷寿司を頬張《ほおば》ってうっとりとした目をするオサキに、琴音は引《ひ》き攣《つ》った笑みを返した。

最後の油揚げに酢飯を詰め「まあ、だけど私は壁なので」と、つぶやく。

「壁？　ですか？」

オサキがきょとんと目を瞬《しばた》かせた。

と——。

なにやら大きな声で言い争いをしながらハクとクズが厨房にやって来た。

「いいから、きみは心配しすぎだよ。いくら僕だって、そんなにたやすく寝付くようなことにはならないよ。だいいちせっかく作った冷却温泉、僕だって入ってみたいじゃないか。どうして邪魔をするんだい？」

ハクは途方に暮れた顔をしている。

「あんな冷たい水に入ったらおまえはすぐに凍《こご》えてしまうに決まっているさ。それに裸にならずに水着を着込んで、出てきたときにすぐに入れるサウナを用意してからなら入ってもいいと俺はそこまで譲歩したんだ」

　クズは凶悪な目つきで怒り顔だ。

「それは温泉じゃなくてプールじゃないか。きみのその心配性は、度が過ぎているよ。しまいには監視員が必要だとまで言い出しかねない」

「待て。そうだ。その通りだ」

「なにがだい？」

「監視員は必要だ」

「本気かい？」

　ハクは呆気《あっけ》に取られたようにして固まった。

　聞いていた琴音も驚いてクズを凝視してしまう。

「それに、よく考えてみたらおまえは入浴のときに裸になるからいまだに寝付いてしまうことがあるんじゃないのか。そうだ。温泉に浸かるときも白衣を一枚羽織って、なにかあったらすぐに手を貸せるように、常に俺が側《そば》にいてやろう」

「風呂くらいひとりで入りたいよ？」

「大丈夫だ。ひとりで入ってくれていい。ただ白衣を一枚羽織るのと、俺が側で見守っているという、それだけだ」

　ハクが琴音の隣にやって来て、丸椅子を持ちだしてそこに腰をおろす。

　調理台に頬杖《ほおづえ》をついて、琴音を下から覗《のぞ》き込んで琴音に聞いた。

「琴音ちゃん、いまの話をどう思う？」

「うーん……クズ様はものすごーくハク様のことが好きだよなあって思いました」

「当たり前のことを言う。ハクのことをものすごく好きにならないものなど、いるわけがなかろう。琴音だってものすごくハクが好きに違いない。早く花嫁になるとい
い」

　大威張《おおいば》りのクズに、ハクが目をきらきらと輝かせた。

「琴音ちゃんも僕のことがものすごく好きになってくれたの？　そろそろ許嫁《いいなずけ》になってくれるかな？」

　――ナチュラルに〝琴音ちゃんも〟って。〝も〟って言っちゃうあたりが。

「無理ですね」

「え？」

　ハクとクズが愕然としているが――無理だろう。

――だって、どう考えても私が邪魔者になるだけじゃないですかっ。

「……じゃあ私、ここ終わったので掃除してきまーす。花嫁にはならないけど、ちゃんと毎日バイトに来て、ハク様に気持ちを奉納して力を溜めてもらうのでっ」

「う……うん。また振られてしまったなあ」

しゅんとしたハクに笑みを返し、琴音は厨房を後にした。

「では、わたくしも事務室に戻ることにいたしましょう。クズ野郎様、わたくしの大切なハク様に変なことをしないでくださいましね」

「俺がいつハクに変なことをしたというのだ。俺はいつだってハクにとって役に立つ、素晴らしいことだけをしているぞ」

オサキは答えず、澄まし顔で、稲荷寿司のたくさん積み上がった大皿をひとつ持って出ていった。

※

琴音とオサキが去った厨房で、クズもまた丸椅子をずりずりと引きだしてハクの隣にでんと座る。

「どうにもあれは、自分の力がどういうものかをまだ把握してはいないようだな。己の力をあそこまで軽々しく扱おうとしているのは、不安でならん」

眉間《みけん》に深くしわを刻んでクズが言う。

「それは仕方がないよ。だって、琴音ちゃんは、奉納っていうのが通常はあそこまで力を放出するようなもんじゃないっていうのを知らないのだもの。僕にしたって、最初のうちは、自分の神域だから、僕と縁の糸をつないだ琴音ちゃんの祈りの強さが増すのかなくらいの認識だったし」

「だったらおまえにしか効果はないはずだろうさ。なのにあいつの歌は、おまえや他の妖怪たちはまだしも——大アメマスにまで届いたのだ。いくらなんだって、大アメマスの怪我を癒《いや》し、かつて己が神であったときの記憶を蘇《よみがえ》らせたうえで荒ぶる魂を鎮《しず》めるのは、能力が強すぎる。ただの人の歌声とは思えない」

「弱い神だけじゃなく、強力で凶悪な神の——きみの気持ちも鎮めることができているみたいだしね」

「俺は、別に鎮まってはいないぞ」

むっとした顔になったクズに、ハクが小さく肩をすくめた。

「最近はものを壊さなくなった」

「それはおまえが元気になってきて、俺の手をあまりわずらわせなくなった、その結果だ。細かく手加減をしなくてはならぬ出来事がなくなったから、特に力を発揮しなくてすんでいる」

クズは目の前の皿から、稲荷寿司をひとつつまみ、食べる。

「うん。旨《うま》い。これもまた力のある奉納だ。おまえもたくさん食べるといいさ」

「言われなくても食べるよ。だって琴音ちゃんの作る食べ物はどれも美味しいもの。

──いただきます」

両手をあわせてそうつぶやいてから、ハクも稲荷寿司を口にする。

「ああ、甘じょっぱいこの味付けが美味しい。酢飯もちょうどいい固さで、口のなかでほろっとほぐれていって」

「こっちの五目稲荷も旨《うま》いぞ。それから笹寿司の具に炊いた油揚げを入れるっていうのは、はじめて食べたが、なかなかいいものだな」

そのまましばらくハクとクズは無言でとりどりの稲荷寿司を食べていた。

「しかし――琴音のあの力はどういう種類のものなのだろうな。あれの母親はまことに普通の人でしかなかったのか？」

クズがぽつりと、そう言った。

うつむいて、ちらりとハクの足もとを見る。

ハクの片足の足首には、赤い糸が巻いてある。

床をずっと長くのびている糸の先がつながっているのは、琴音の足首だ。

「お参りに来てくれたその一度しか会ってないけど、琴音ちゃんのお母さんは、おそらく普通の人間だったと思うんだ。多少は〝視《み》える〟能力を持っていて、勘の鋭いところがあったくらいで、そこまで僕たちに近しくなり得る人じゃなかった気がするよ」

「だとしたら――あれの父親がよほどの力を持つ者だったということか？」

「そうかもしれないね。琴音ちゃんはお父さんのことをまったく知らないらしいし、傾聴屋さんは、琴音ちゃんの父親が誰かっていうのをまわりに一切漏らさなかったらしい」

「どんな理由であそこまで歌声に力があるのかはわからずとも、力があることだけはたしかなものだ。ハクは優しい神だから、人の花嫁を娶《めと》ったところで無体はしないが、なかにはああいう力のある花嫁をこそ贄《にえ》として、身体も魂も丸ごと喰らって力を得ようとする祟《たた》り神も出てこようさ」

「神に捧《ささ》げられる人の花嫁は、血の一滴に至るまで供物《くもつ》だと見なす神も、とこよにはいるからなあ」

ハクの眉根がきゅっと寄った。

「心配だ。そんなことになったらどうしたらいいのだ。あれはそもそもハクの嫁なのに。琴音は琴音で危ない目に遭《あ》わぬよう、俺がしっかりと見張ってやらねばならない」

クズがきっぱりと言う。

「なんと言ったらいいかなあ。あのね、きみは心配をすることに向いてない」

ハクがクズを見て断言する。

「向いてなくても心配はするものだ。精一杯心配し、力の限り、琴音のことも守ってやるとも」

ハクは長い長い嘆息を漏らし、

「僕は僕で心配になることがあってね。……親友がライバルになるのは嫌だよとだけ、言っておくからね」

と、小声で告げた。

本書は書き下ろしです。

あやかし温泉郷《おんせんきょう》
龍神様《りゅうじんさま》のお嫁《よめ》さん…のはずですが!?
佐々木禎子《ささきていこ》

2020年3月5日初版発行

発行者……………千葉 均
発行所……………株式会社ポプラ社
〒102-8519 東京都千代田区麹町4-2-6
電話……………03-5877-8109(営業)
03-5877-8112(編集)
フォーマットデザイン 荻窪裕司(design clopper)
組版・校閲 株式会社鷗来堂
印刷・製本 中央精版印刷株式会社

乱丁・落丁本はお取り替えいたします。
小社宛にご連絡ください。
電話番号 0120-666-553
受付時間は、月～金曜日、9時～17時です(祝日・休日は除く)。

ポプラ文庫ピュアフル

ホームページ www.poplar.co.jp

N.D.C.913/246p/15cm
ISBN978-4-591-16636-9
P8111292

虚弱体質少年と、新型吸血鬼たちの
ユニーク・ハートフルストーリー！

佐々木禎子
『ばんぱいやのパフェ屋さん 「マジックアワー」へようこそ』

装画：栄太

四月はまだ寒い北の都札幌。中学生になった高萩音斗は、小学校時代から「ドミノ」と呼ばれてからかわれるほどすぐ倒れてしまう貧血・虚弱体質に悩んでいた。そんな彼を助けるために両親が連絡をとった遠縁の親戚たちは、ものすごく変わった人たちだった！　商店街にパフェバーをオープンした彼らのもとで、音斗は次第に強さと自分の居場所を見つけていく。
ユニークな世界に笑い、音斗くんの頑張りや恋心にほろりとするハートフルストーリー！

初めてできた友だちの恋のために
虚弱男子・音斗くんが頑張る!!

佐々木禎子
『ばんぱいやのパフェ屋さん
真夜中の人魚姫』

装画：栄太

北の都札幌、虚弱体質の中学生音斗を助けるために隠れ里からやってきた、音斗の遠縁の吸血鬼たちは、商店街のはずれに深夜営業のパフェ屋をオープン。彼らとそこに住み始めた音斗は、学校で初めて友だちができた。その友だちが公園でひと目惚れした人魚姫みたいな女性と、学校のプールに夜、人魚が出るという噂は、関係がある……？

「パフェバー　マジックアワー」で生まれた小さな恋を描いたサイドストーリーも収録。ユニークハートフルストーリー第二弾！

頼まれた「迷い犬捜し」を手伝ううちに
わかったのは意外な真相……

佐々木禎子
『ばんぱいやのパフェ屋さん
禁断の恋』

装画：栄太

札幌のとある商店街のはずれにオープンした「パフェバー　マジックアワー」の営業時間は、日没から日の出まで。変わった三人のイケメン吸血鬼たちが働き、虚弱体質の中学生音斗が居候している。夏休み、音斗と友人たちは、店長フユの依頼で他店の偵察に出かけることに。また、店に持ち込まれた「迷い犬捜し」をみんなで手伝ううちにわかったのは意外な真相で……。秘めた想いは強くて切ない。でも応援したくなる。ユニークなハートフルストーリー第三弾！

祖母の探している本はどこに？
そして、フユたちの秘密とは……？

佐々木禎子
『ばんぱいやのパフェ屋さん
恋する逃亡者たち』

装画：栄太

中学生の音斗少年は、親戚である三人の吸血鬼たちと暮らしている。血を吸わず、牛乳を飲んで生きている彼らは、札幌の商店街で、小さなパフェバーを営業中。さて、最近店に通うようになった音斗の祖母は、音斗に、ある本を見つけられたら、音斗がここで生活することを許すと言う。一生懸命探す音斗だが……。一方、フユのパフェ屋探しも進展。そこにはどうやら、フユたちの秘密が隠されているようで……。人気のユニーク・ハートフルストーリー、第四弾！

いなくなった旧型吸血鬼と
なくなった楽器ケース。それから……？

佐々木禎子
『ばんぱいやのパフェ屋さん
雪解けのパフェ』

装画：栄太

中学生の音斗は、親戚である三人の吸血鬼たちと暮らしている。血の代わりに牛乳を飲んで生きている彼らは、札幌の商店街で、小さなパフェバーを営業中。クリスマスが近づいたある日、店に、音斗の中学の吹奏楽部の女子たちから、先生に捨てられてしまったコントラバスケースを捜してほしいと相談が。最近姿を見せない旧型吸血鬼の伯爵のことも気がかりな音斗は、将来や恋のことなどさまざまな悩みを抱えながらも動きだす。人気シリーズいよいよ最終巻！

からだの芯から元気が出る
特別なスープカレーあります。

佐々木禎子
『札幌あやかしスープカレー』

装画：くじょう

札幌市中央区の中堅私立皇海高校に入学した達樹は、とある理由から、人とのコミュニケーションが苦手だが、人なつこいクラスメイト、ヒナと友達になる。ある日の帰り道、自分をつきとばしていった見覚えのある人物を追いかけていくと、隠れ家のようなスープカレー屋にたどり着いた。その店で出された、〝特別なひと皿〟を食べた達樹には、小さな異変が起こり……。

少し不思議で元気が出る、美味しいハートフルストーリー！

アルバイト先は妖怪の古道具屋さん!?
取り扱うのは不思議なモノばかり——。

峰守ひろかず
『金沢古妖具屋くらがり堂』

装画：烏羽雨

金沢に転校してきた高校一年生の葛城汀一。街を散策しているときに古道具屋の店先にあった壺を壊してしまい、そこでアルバイトをすることに。……実はこの店は、妖怪たちの道具〝妖具〟を扱う店だった！　主をはじめ、そこで働くクラスメートの時雨も妖怪で、人間たちにまじって暮らしているという。様々な妖怪や妖具と接するうちに、最初は汀一を邪険に扱っていた時雨とも次第に打ち解けていくが……。お人好し転校生×クールな美形妖怪コンビが古都を舞台に大活躍！